Noël 2008.

Pour Stéphane
de Agnès

folio
junior

© Éditions Gallimard Jeunesse, 2006
© Éditions Gallimard Jeunesse, 2008, pour la présente édition

Erik L'Homme

Phænomen

GALLIMARD JEUNESSE

À Pierre et à Jean,
qui furent mes maîtres à leur façon.

À Marie, fée des Vosges,
à Lorène, sirène de Bretagne.

Prologus, i, m. : prologue

D'Hydargos à Minos, par courrier électronique crypté.
Mon cher Minos. *Un homme que nous pensions disparu depuis plus de trente ans vient de refaire surface. Cet homme n'a aucun intérêt en lui-même, mais il possédait des documents de grande importance. J'emploie le passé car il aurait confié ces documents à l'un de ses amis, un médecin du nom de Barthélemy. Or ce sont des documents que notre Grand Stratégaire tient absolument à récupérer. Je t'en dirai plus dans un autre message, si tu acceptes le travail.*

Je t'espère en bonne forme, mercenaire !

De Minos à Hydargos (même canal).
Je prends, aux conditions habituelles plus vingt pour cent. La vie augmente, patron, c'est comme ça. J'attends de tes nouvelles. Et ne te presse surtout pas : le compteur tourne, c'est tout bénéf' pour moi…

1

Draco, onis, m. : serpent fabuleux

Elle était couchée, recroquevillée sur le sol froid de la caverne. Derrière, au fond, tapis dans l'ombre, les dragons feulaient doucement et leurs écailles crissaient contre la pierre. Leurs yeux luisaient, jaunes et vides, avides. Ils l'observaient, ils attendaient. Elle avait envie de crier mais en était incapable. Un étau serrait sa gorge. Elle haletait. Elle sentit la terreur l'envahir. Elle essaya de bander ses muscles, pour ramper vers la sortie, vers la lumière qu'elle apercevait, loin, trop loin. Pour aller à la rencontre du soleil, de la chaleur. Mais elle ne pouvait pas. Ses membres étaient paralysés. Elle n'arrivait pas non plus à ouvrir la bouche ni à fermer les yeux. Son esprit seul était en vie. Alors la panique la submergea...

Violaine émergea de son cauchemar en hurlant, trempée de sueur. Le sang martelait ses tempes. Elle aurait dû s'habituer, depuis le temps. Depuis qu'elle était en âge de rêver, elle faisait le même rêve, toutes les nuits ! Mais chaque fois, la peur était la même, viscérale, abominablement réelle. Elle repoussa les couvertures et s'assit au milieu de son lit. Le réveil indiquait l'heure en chiffres luminescents. C'était déjà le matin et elle fut soulagée. Elle n'aurait pas à se rendormir. Elle allait bientôt pouvoir se lever, se doucher, descendre dans le réfectoire pour prendre son petit déjeuner. Et puis elle se rendrait à la convocation du docteur. Une convocation qu'elle appréhendait. Elle avait beau se dire que rien ne pouvait être pire que son cauchemar, le ton du Doc, hier, était inhabituellement dur…

– Entre, Violaine, je suis à toi tout de suite.

La jeune fille poussa la porte qu'elle venait d'entrouvrir et pénétra dans le bureau. Elle la referma derrière elle, en hésitant, comme si elle craignait de se trouver enfermée dans la pièce. L'absence de sourire de la part du docteur, par-dessus le combiné du téléphone, renforça ses craintes. L'homme lui fit signe de s'asseoir.

Violaine avait quatorze ans et demi mais c'était déjà une grande fille, solidement charpentée. Elle se tenait voûtée et observait les gens par-dessous, baissant fréquemment ses yeux bleu foncé et s'abritant derrière de longs cheveux châtains. Elle portait un jean bleu, une paire de tennis usées, et un pull noir, trop grand pour elle, dépassait d'un blouson beige.

Elle promena son regard dans la petite pièce. Les murs étaient couverts de livres et de dossiers. À droite de la fenêtre, décorant l'un des rares espaces laissés libres, la photo d'une montagne, rocher gris jaillissant de la verdure et se découpant sur un ciel bleu, apportait une touche de couleur inattendue. Renforçant l'impression de vertige donnée par la photo, une corde d'alpinisme râpée et un antique piolet étaient suspendus à un crochet, juste à côté.

Son attention se porta ensuite sur l'homme assis derrière le bureau. Le docteur Pierre Barthélemy avait la soixantaine. Ses rares cheveux épargnés par la calvitie étaient blancs. Derrière de fines lunettes au dessin moderne, des yeux vifs annonçaient une grande intelligence. Le docteur portait une chemise à carreaux, aux manches retroussées sur des avant-bras maigres mais bronzés. Violaine l'avait toujours vu habillé comme cela. Ce qu'elle préférait, chez lui, c'était son sourire. Il invitait à la confiance. Et faire confiance, Violaine n'en avait pas l'habitude ! Seulement aujourd'hui le Doc, comme ils l'appelaient entre eux, eh bien, le Doc ne souriait pas du tout.

L'homme finit par raccrocher. Il se tourna vers la visiteuse.

– Je vais aller droit au but, dit-il après un silence qui parut interminable à Violaine : le docteur Cluthe a demandé ton renvoi de la clinique.

La jeune fille se tassa dans son siège.

– Je voudrais savoir, Violaine, pourquoi on en est arrivés là.

– Je ne sais pas…

Le regard de Pierre Barthélemy se fit plus dur.

– Je t'ai toujours défendue. Je veux que tu me donnes une bonne raison de le faire encore. Je peux essayer de fléchir le directeur. Ça ne dépend que de toi.

Violaine restait estomaquée. Elle n'en revenait pas

du coup en traître porté par la mère Cluthe ! Il y a six mois de cela, elle aurait accueilli l'annonce de son renvoi avec indifférence. Mais l'arrivée dans la clinique du Doc avait bouleversé sa vie, sa vie et celle des autres qui étaient devenus ses amis. Des amis qu'elle n'avait pas du tout envie de perdre.

— Tant pis, soupira le docteur en se levant. Je t'aimais bien, Violaine. Je pense que nous aurions pu changer pas mal de choses si...

— Attendez ! Je... Je vais essayer de vous expliquer.

Le Doc se rassit. Son visage se détendit et il esquissa un sourire.

— Alors dis-moi : pourquoi fais-tu enrager le docteur Cluthe ?

— Je ne la fais pas enrager, Doc. C'est sûr, je ne l'aime pas, c'est une méchante femme. Mais c'est elle qui trouve toujours un prétexte pour me persécuter ! C'est la vérité !

Barthélemy resta silencieux. Après une hésitation, Violaine poursuivit.

— En fait, la mère Cluthe a peur de moi. C'est pour ça qu'elle m'en veut.

— Le docteur Cluthe a peur de toi ?

— Oui.

— Elle te l'a dit ?

— Non.

Un sourire encourageant de Barthélemy invita Violaine à continuer.

— Je sais qu'elle a peur. Je le sens.

Le sourire du Doc se changea en moue dubitative.

– Mon premier renifle, mon deuxième grimace, mon troisième se bouche le nez, mon tout est une jeune fille qui juge une prairie entière sur l'odeur d'une bouse de vache ! Violaine, allons, tu me déçois…

Le Doc et ses sempiternelles énigmes pourries ! La jeune fille fit un effort sur elle-même pour ne pas rire. La mère Cluthe, une bouse de vache ? Elle n'aurait jamais osé y penser !

– Donc le docteur Cluthe a peur de toi, reprit Barthélemy. C'est pour cela que tu lui as renversé un seau d'eau sur la tête, hier…

– Avec les autres, on voulait faire une blague à Arthur, se récria Violaine. On avait mis un seau en équilibre sur la porte de sa chambre. Mais c'est Cluthe qui est entrée et qui l'a pris sur la tête. Elle m'a vue dans le couloir et elle m'a tout collé sur le dos !

Le docteur Barthélemy se renversa en arrière, comme pour prendre du recul. Il observa la visiteuse.

– Laissons tomber cette histoire de seau et revenons au docteur Cluthe. Tu ne me dis pas tout, Violaine. En fait, depuis que tu es là, dans mon bureau, tu me parles de tout sauf de l'essentiel. Est-ce que j'ai raison ?

Violaine prit une mèche de ses cheveux et joua avec. Ses gestes étaient saccadés. Elle hocha la tête.

– Parle-moi, Violaine.

– Je… Je ne veux pas partir, Doc. Je n'ai aucun autre endroit où aller !

Elle était au bord des larmes.

– Je ferai tout pour que ça n'arrive pas, Violaine. Je t'écoute, dis-moi.

La jeune fille prit une inspiration.

– La mère Cluthe… commença-t-elle sur le ton de la confidence. Quand elle s'approche de moi, il y a une lumière sombre enroulée autour d'elle, un peu comme un… un dragon, vous voyez ? Je n'aime pas les dragons noirs, ils sont avec les gens qui ont de mauvaises pensées. Heureusement, j'ai un bouclier blanc et une épée. Cluthe ne les voit pas, bien sûr, elle ne voit pas le dragon non plus. Mais elle recule quand même, et le dragon devient gris. Ça veut dire qu'elle a peur. Mais tant que je reste derrière mon bouclier et que je brandis mon épée, je ne risque rien. Avant, je n'avais pas de bouclier, alors les dragons se jetaient sur moi et ils me faisaient mal. Je hurlais, je hurlais !

Violaine s'était recroquevillée sans s'en rendre compte. Le docteur se pencha et l'attrapa par le bras.

– Tout va bien, Violaine. Il n'y a pas de dragon ici. Tu n'as pas besoin de bouclier ni d'épée, tu ne dois pas avoir peur.

La jeune fille sembla émerger d'un rêve. Ses yeux papillonnèrent et se posèrent sur la main du Doc qui la tenait toujours. Barthélemy s'en aperçut et la retira doucement.

– Tu as déjà raconté ton histoire de dragons à quelqu'un ?

– Vous ne me croyez pas, hein ?

– En fait, ce que je pense n'est pas très important. Je pourrais te dire que je te crois, mais ce ne serait pas vrai. Je ne veux pas te mentir. Tu m'as fait confiance en me parlant de tes dragons et c'est tout ce qui compte.

Le visage de Violaine reprit des couleurs.

– Vous savez, j'ai déjà parlé des dragons à mes amis. Mais ce n'est pas pareil. Vous êtes le seul adulte à savoir.

– Tes amis t'ont crue ?

– Bien sûr !

Barthélemy resta un moment silencieux.

– Je vais aller voir le directeur, et arranger les choses avec le docteur Cluthe. Mais tu dois être plus gentille avec elle. J'ai ta promesse ?

– Vous l'avez, Doc. Merci…

Elle quitta sa chaise et se dirigea vers la porte. Au moment de sortir, elle regarda Barthélemy.

– Vous savez, docteur, vous vous trompez. Il y a un dragon dans cette pièce. Mais le vôtre est blanc, c'est une bonne couleur. Je n'ai pas besoin de bouclier avec le blanc.

Puis elle disparut dans le couloir.

Pierre Barthélemy essaya de se concentrer sur son travail mais dut bientôt renoncer. Trop de choses le préoccupaient. Il y avait d'abord Violaine et ses dragons. Sa formation de psychiatre lui commandait d'aborder le problème sous un angle symbolique. Mais une vie entière passée au contact de malades atteints de troubles du comportement le poussait à garder l'esprit ouvert. D'autant que les individus auxquels il était confronté depuis son arrivée à la Clinique du Lac, quelques mois plus tôt, ne ressemblaient en rien à ceux qu'il avait déjà rencontrés.

Pauvres gosses ! Ils étaient tous abandonnés ici par des parents dépassés et effrayés. L'agrément de la clinique par les institutions leur permettait de sauver la face et de garder bonne conscience.

Barthélemy avait été étonné par la rigidité du personnel, par sa dureté à l'égard des pensionnaires qui se voyaient fréquemment traités de « monstres » ou de « phénomènes de foire ». Il avait rapidement compris que personne ne se souciait de les soigner. Les jeunes gens confiés à la Clinique du Lac étaient considérés comme irrécupérables. La clinique se contentait de gérer leur présence et d'engranger mensualités et subventions. Bien sûr, on ne lésinait pas sur les moyens : ceux qui le pouvaient suivaient des cours, faisaient du sport, bénéficiaient de soins médicaux attentifs. Mais c'était en attendant. Car il arrivait toujours un moment où, prisonniers de leur folie, les pensionnaires restaient prostrés et ne quittaient plus la chambre, se murant dans un silence définitif.

Pierre Barthélemy savait qu'il était illusoire de vouloir guérir de tels troubles. Cependant, rien n'empêchait d'essayer de les soigner. Il espérait même que l'évolution des pensionnaires n'était pas inéluctable. Sa méthode était simple, et avait quelques fois porté ses fruits. Il cherchait à comprendre, à établir des relations, poussant les malades à résister aux démons qui les hantaient. Le directeur avait émis de sérieux doutes sur son travail, mais il lui laissait malgré tout les coudées franches. À condition qu'il ne gêne pas la bonne marche de l'établissement. Barthélemy avait concentré ses efforts sur les quatre plus jeunes pensionnaires : Violaine et ses amis. Ceux-là n'avaient pas encore décroché, n'avaient pas succombé à leurs… déséquilibres.

Le médecin ouvrit un tiroir de son bureau et en sortit une enveloppe. C'était cette lettre, plus encore que Violaine et ses jeunes patients, qui le tourmentait. Il croyait son expéditeur mort, et voilà qu'une semaine plus tôt, le mort avait eu la mauvaise idée de lui écrire ! L'avertissement que lui envoyait cet homme surgi du passé, d'un passé qu'il pensait enterré, était inutile : il avait pris ses précautions depuis longtemps. Mais il resterait vigilant. Non, il ne se laisserait pas surprendre.

Il laissa ses pensées vagabonder encore un moment. Il tendit le bras jusqu'à la cafetière et remplit sa tasse de liquide fumant. Il rangea la lettre dans le tiroir puis décida de n'aller voir le directeur qu'après le repas, quand celui-ci serait mieux disposé à entendre son plaidoyer pour Violaine. Il prit sur son bureau l'épais dossier consacré à ses protégés, qui portait sur le côté le mot latin *Phænomena*, raccourci faute de place en *Phænomen*. Phénomènes. Oui, ces enfants étaient bien des phénomènes. Pas des créatures de foire ni de cirque ! Ils avaient envie de s'en sortir, voilà tout, et dans le contexte de la clinique, c'était énorme. Il inscrivit sur la chemise réservée à Violaine le mot *Draco*, pour dragon. Depuis son bref passage au séminaire, longtemps auparavant, il avait coutume d'utiliser le latin. Cette langue ancienne possédait un charme mystérieux qu'il aimait. Puis il rangea le classeur et, chassant de son esprit la lettre annonciatrice de malheur ainsi que la jeune fille aux dragons, il se remit au travail.

Violaine s'assit dans l'herbe humide et ramena contre la poitrine ses genoux qu'elle entoura de ses bras. L'hiver avait plumé le feuillage des arbres et la brise en provenance du lac agitait les branches, qui ressemblaient à des mains de squelette. La jeune fille contempla l'immense étendue d'eau dans laquelle se reflétaient les montagnes enneigées. Cette vision l'apaisait. Isolée au milieu d'un parc, à quelque distance de Genève, la clinique avait cet avantage d'être un endroit tranquille. Elle enfonça les mains dans les poches de son blouson.

Elle s'en voulait d'avoir parlé au Doc aussi franchement. Mais cette fois-ci, Violaine n'avait pas eu le choix. Si elle ne lui avait pas livré son secret, il aurait refusé de la défendre, et elle aurait dû quitter cet endroit où elle avait fini par se sentir chez elle.

À chaque fois qu'elle s'était confiée à un adulte, elle l'avait amèrement regretté. Ses parents n'avaient pas fait exception à la règle, au contraire. Sinon, se serait-elle retrouvée ici le jour de ses treize ans ? Certes, avec la puberté, ses malaises avaient significativement augmenté, en même temps que l'inquiétude autour d'elle. À la clinique au moins, personne ne la traitait de folle, puisque tout le monde était fou !

Et puis elle avait rencontré Claire, qui n'arrêtait pas de tomber et de se cogner partout, Arthur qui dessinait des singes sur les murs de sa chambre, et Nicolas qui ne quittait jamais ses grosses lunettes de soleil ridicules. Ils étaient devenus ses amis, des amis à qui elle pouvait tout dire sans déclencher des sourires entendus et moqueurs. Elle s'était sentie mieux.

Enfin, le Doc était arrivé, avec son humour et sa façon bien à lui d'établir le contact. Elle avait compris qu'ils avaient un allié dans la clinique. Arthur, Nicolas et Claire avaient partagé cette impression. Le Doc avait l'air de les aimer, c'était nouveau. Nouveau et effrayant. Elle avait très vite senti, également, la désapprobation du reste de l'équipe, médecins et surveillants. Cela n'avait pas empêché le Doc de faire un pas vers eux. Puis beaucoup d'autres.

Une cloche se fit entendre. C'était l'heure des soins. On allait leur distribuer des pilules calmantes. Pas moyen d'y couper, sous peine d'être consigné dans sa chambre. Ce qu'elle ne voulait pour rien au monde car cela la priverait du dîner. Du dîner et de ses amis.

Elle se leva et regagna le bâtiment qui abritait les pensionnaires.

Votre enfant est étrange, votre enfant vous dérange ! Votre enfant manifeste des troubles, votre enfant vous trouble ! Vous ne parvenez plus à faire face…

Située dans le cadre enchanteur de la campagne suisse, à moins d'une demi-heure d'une gare européenne et d'un aéroport international, la Clinique du Lac est LA solution à vos problèmes. Elle vous propose ce que vous n'avez pas trouvé et ne trouverez pas ailleurs. Ici, une équipe médicale constituée des plus grands spécialistes assure le suivi personnalisé de chaque enfant. Des éducateurs parfaitement formés l'épaulent dans ses apprentissages et tous les moments de sa vie.

Là où tous les autres baissent les bras, nous relevons le défi ! Là où tous les autres échouent, nous réussissons depuis vingt-cinq ans ! Alors, n'hésitez plus. Pour son bien et pour le vôtre, confiez-nous votre enfant. Agréé et encouragé par de nombreux ministères européens, notre établissement n'est pas la clinique du dernier espoir : elle est celle d'un nouvel espoir !

(Extrait de la plaquette de présentation de la Clinique du Lac.)

2

Simius, ii, m. : singe

Achille est sourd. Le monde pourrait s'écrouler autour de lui, il n'entendrait rien. Sauf s'il décidait d'entendre. Mais le silence est un nectar, y goûter c'est boire avec les dieux. Car les dieux ne parlent pas. Pas besoin. Ils sont sages… Celui qui est aveugle, c'est Alfred. Enfin, il n'est pas vraiment aveugle. C'est juste qu'il ne veut pas de la lumière. Qu'il aime la sérénité du noir. L'obscurité est peu-plée de démons, dit-on. Quelle importance si on ne peut pas les voir… Anatole, enfin, est muet. Disons qu'il est muet parce qu'il préfère ne pas parler. Les phrases que l'on ne dit pas n'existent pas. Si tout le monde ressemblait à Anatole, Achille n'aurait pas besoin d'être sourd…

L'infirmier entra dans la chambre sans frapper. Il trouva le garçon occupé, comme d'habitude, à dessiner des singes sur le mur blanc, avec un feutre noir. Des groupes de singes, trois par trois. Le premier deux mains sur les oreilles, l'autre deux mains sur les yeux, le dernier deux mains sur la bouche.

— T'en as pas marre de toujours dessiner la même chose ?

Le garçon ne répondit pas. Il se contenta de laisser pendre le feutre au bout de son bras. L'infirmier se rendit dans la salle de bains et coupa l'eau qui coulait du robinet dans le lavabo.

— Tu as encore oublié de fermer le robinet, Arthur. Oublier…

— C'est l'heure de la pilule, continua l'homme en s'approchant du garçon. J'espère que tu n'as pas oublié !

Oublier ? Quelle ironie ! Mais c'était son vœu le plus cher. Sans avoir besoin de se retourner, Arthur savait que Francisco avait un bouton au coin de la lèvre, une joue moins bien rasée que l'autre. *La droite.* Des lacets de chaussure marron. *L'un plus long que l'autre d'un centimètre.* Et l'ongle du pouce rongé. *Le gauche.* Du moins, c'était comme ça hier. Un rapide coup d'œil lui confirma que c'était pareil aujourd'hui. Son regard enregistra quelques nouveaux détails, sans qu'il s'en rende compte. Détails qui resteraient imprimés dans sa mémoire pour toujours. Comme tout ce qu'il voyait. Comme tout ce qu'il entendait.

Arthur tendit sagement la main et prit le comprimé. Sous la surveillance attentive de Francisco, il l'avala et but une gorgée du verre d'eau posé sur la tablette près de son lit.

— C'est bien, Arthur. Je ne sais pas si tu t'en souviens,

mais c'est l'anniversaire du docteur Cluthe ce soir. Il y aura du gâteau au dessert.

Arthur s'était souvent demandé si l'infirmier le provoquait ou se moquait de lui en lui parlant comme à un bébé. Puis il avait compris que, malgré ses quatorze ans, il était un bébé pour Francisco. Un attardé. Comment en vouloir à cet homme à qui il ne parlait jamais et qui le découvrait, tous les soirs, en train de dessiner des singes sur les murs ?

Le premier à qui il avait adressé la parole, c'était Nicolas, arrivé en même temps que lui dans la clinique, deux ans plus tôt. *Et trois jours.* Pourquoi, il ne le savait pas. Peut-être parce qu'il portait le jour de leur rencontre des chaussettes dépareillées. *Une blanche et l'autre verte.* Ça l'avait amusé. Et puis Nicolas avait l'air encore plus perdu que lui.

La deuxième personne qui avait réussi à lui tirer quelques mots était Claire. Claire l'avait eu par surprise : elle avait trébuché et s'était écroulée dans ses bras, alors qu'il passait dans le couloir menant au réfectoire. Elle avait balbutié des excuses et il s'était senti obligé de la rassurer. Les choses avaient suivi leur chemin.

La troisième et dernière personne à avoir entendu le son de sa voix s'appelait Violaine. Violaine avait pris sa défense contre un surveillant qui le taquinait, et il était allé la remercier. C'était la première fois qu'on se rangeait ouvertement de son côté. Ensuite, ils avaient pris l'habitude de se retrouver, tous les quatre, dans un coin du parc ou de la salle commune. Ces derniers temps, le principal sujet de leurs conversations était le

Doc. Ils s'interrogeaient sur ses motivations. Violaine pensait qu'on pouvait lui faire confiance, les dragons le lui avaient dit. Lui Arthur, comme Claire et Nicolas, il avait confiance en Violaine. Alors peut-être que le Doc serait le prochain à qui il parlerait.

Arthur entendit Francisco qui s'en allait. Il marcha jusqu'au lavabo et ouvrit le robinet. Le bruit de l'eau l'apaisait. Puis il reprit le feutre dans sa poche et, s'accroupissant pour atteindre une portion du mur encore vierge, commença le dessin d'un singe. Concentrer son attention sur des gestes mécaniques, des figures familières. Il lui fallait cela pour se calmer. C'est pour cette même raison qu'il s'habillait toujours en noir, parce que le noir, comme le blanc, gommait plus de détails que les couleurs. Il ne se souciait pas de son apparence, et s'il avait une idée approximative de l'individu auquel il pouvait ressembler, maigre, grand pour son âge, les cheveux bruns en bataille, le visage pâle et les yeux marron, il détestait se voir dans un miroir. Ça, l'infirmier ne le comprendrait jamais, le docteur Cluthe non plus. Toutes ces choses qui entraient dans sa tête et n'en sortaient jamais ! Qui parfois se bousculaient et tourbillonnaient, jusqu'à le faire hurler et s'évanouir ! Sa main ne dessinait plus. Il tremblait. Il respira profondément et se concentra sur le premier singe. Ne pas voir. Et puis ne pas entendre. Pour que le monde se taise, enfin.

Lorsque Violaine se présenta dans le réfectoire, elle était la première. Elle prit place à la table où ils se mettaient toujours, Claire, Nicolas, Arthur et elle, puis jeta un regard circulaire. La clinique hébergeait une soixantaine de pensionnaires, mais la moitié d'entre eux prenaient leur repas dans leur chambre. À la petite cuillère, avec une infirmière. Les autres descendaient dans la salle à manger, accompagnés par un surveillant qui les guidait, ou bien seuls quand ils en étaient capables. Même dans ce cas, ils ressemblaient davantage à des zombies qu'à des malades. Violaine frissonna. C'était le sort qui l'attendait, qui les attendait tous les quatre. Ils étaient encore jeunes. Mais un jour viendrait, elle le savait, où ses cheveux ne dissimuleraient plus qu'un regard vide, un visage absent...

– C'est l'anniversaire du docteur Cluthe, dit une voix derrière elle. Tout le monde doit s'asseoir à la grande table.

Violaine se tourna et aperçut Ted, un surveillant bâti comme une armoire à glace, qui lui adressait un sourire mauvais. Elle ne l'aimait pas et il ne l'aimait pas non plus. Elle adopta aussitôt une position défensive.

– Je préfère rester là. C'est notre table. On nous a dit qu'elle était à nous.

Ted ricana. Il était debout, elle était assise, et il avait l'air d'un géant dans sa blouse bleue.

– Cette table, comme toutes les autres, est au directeur. Et le directeur a décidé que ce soir, tout le monde mangerait sur la grande.

Violaine se recroquevilla mais ne bougea pas de sa chaise. Ted se pencha et l'attrapa par le bras pour l'obliger à se lever. Violaine cria de surprise. Elle ne supportait pas qu'on la touche, ça la rendait folle. Ted le savait, il le faisait exprès. Elle se débattit, en vain. Le surveillant la tenait solidement. Une femme, grande et osseuse, le chignon tiré au-dessus d'un visage sévère, s'approcha à grands pas.

– C'est encore Violaine, n'est-ce pas ?

La jeune fille sentit plus qu'elle ne vit le docteur Cluthe. Elle se rappela la promesse faite au Doc, quelques heures plus tôt. Mais elle n'y pouvait rien. Encore une fois, ce n'était pas sa faute ! Pourquoi ne la laissait-on pas tranquille ?

Alors que Ted l'avait ceinturée et que le docteur Cluthe s'approchait d'elle, le propre ectoplasme de Violaine, fait de brume invisible, se redressa. Il n'avait pas la forme d'un dragon, comme chez tous les autres, mais celle d'un chevalier. Un chevalier qu'elle avait patiemment créé au cours des années, en arrachant des fils à son esprit et en les tissant, sur le modèle de saint Georges dont elle avait vu un jour une gravure. *Le chevalier vaporeux se détourna du serpent noir de Ted et fit face à Cluthe. Il était temps.* Le docteur lui attrapa la main pour la calmer. *Le dragon du docteur heurta le bouclier de plein fouet. L'animal de fumée et de lumière, furieux, se replia autour du grand corps de Cluthe, attendant l'occasion de frapper encore et de percer ses défenses. Mais le bouclier était solide. Brandissant une épée énorme, le chevalier menaça le dragon de Cluthe qui feula. C'est alors que le dragon de Ted attaqua par traîtrise. Profitant de l'occasion, il mordit le chevalier dans le dos.*

Violaine en eut le souffle coupé. Elle crut que son cœur allait s'arrêter de battre. Cela faisait si longtemps qu'elle n'avait pas laissé un dragon la toucher ! Quand cela arrivait, elle faisait la morte jusqu'à ce que le dragon se lasse et s'en aille, la laissant meurtrie et choquée pour des heures. Cette fois, c'était différent. Elle en voulait à Ted. Elle était en colère. Elle ne se laisserait pas faire.

Sans baisser sa garde face à Cluthe, le chevalier se pencha vers l'ectoplasme qui avait planté ses crocs en lui et ne voulait pas lâcher prise. Il laissa tomber son épée et l'attrapa par le cou. Le dragon gronda puis gémit. Le chevalier sentit de la faiblesse en l'animal. Violaine fut stupéfaite. Jamais elle n'aurait imaginé qu'un dragon puisse être faible ! Obéissant à son instinct, elle n'essaya pas de s'en débarrasser. Elle fit même tout le contraire. *Le chevalier lâcha son bouclier et, de ses deux mains, caressa la tête du dragon de Ted. Le dragon se mit à ronronner et changea de couleur. Il devint blanc !*

Voyant le chevalier sans défense, le dragon noir de Cluthe lança une nouvelle charge. Une vague de panique, incontrôlable, submergea Violaine. *Le chevalier regarda le dragon de Ted d'un air suppliant. Aussitôt, celui-ci abandonna sa couleur blanche et se chargea de rayures noires.* Violaine eut juste le temps de voir celui de Cluthe virer au gris avant de s'évanouir.

Lorsque je suis arrivé dans le réfectoire, il y avait un attroupement autour de la table occupée habituellement par ma petite bande. J'ai couru, pensant que l'un des enfants avait eu un malaise. Mais j'ai vu le gros Ted qui ceinturait Violaine devenue hystérique, et Cluthe qui essayait de la calmer. Je m'apprêtais à intervenir à mon tour quand Ted a brusquement lâché Violaine pour empoigner Cluthe et la pousser contre une table. Aussitôt, trois autres surveillants se sont jetés sur Ted pour le maîtriser. Ted est costaud, c'est même une brute, mais ses collègues ne sont pas des mauviettes non plus. Eh bien, ils ont eu toutes les peines du monde à le retenir et à l'empêcher de se ruer sur la pauvre Cluthe qui gémissait par terre ! Deux infirmiers se sont rapidement occupés d'elle et l'ont emmenée dans une salle de soins, tandis qu'un troisième injectait à Ted une double dose de tranquillisant. J'ai ensuite tenté de ramener le calme. Pas facile ! Tout le monde était surexcité. J'ai dû renvoyer les pensionnaires dans leurs chambres. Enfin, je me suis occupé de Violaine. Elle gisait évanouie près d'une chaise renversée. Dans l'affolement, personne ne s'était occupé d'elle, ou plutôt, presque personne : quand je me suis approché de Violaine, Arthur était à côté d'elle et lui caressait les cheveux. Nous nous sommes défiés du regard, à la façon des bêtes qui se jaugent. Je me suis obligé à tenir bon. Arthur a fini par détourner les yeux. Et là, j'ai eu un choc : il s'est adressé à moi. Lui qui n'a jamais parlé, il m'a dit, d'une voix que j'ai sentie confiante (sentie... quand je pense que j'ai reproché à Violaine de sentir les choses, alors que c'est ce que je fais, moi, tout le temps !) :

– Il faut prendre soin d'elle, Doc.

Sur le coup, je n'ai rien trouvé à répondre. J'ai simplement hoché la tête. Puis, avec l'aide d'un infirmier, j'ai ramené Violaine dans sa chambre. Elle a commencé à s'agiter quand nous l'avons couchée. Je suis resté près d'elle jusqu'à ce qu'elle se calme et dorme d'un sommeil normal.

Mon premier est une fille aux nerfs à fleur de peau, mon deuxième un gros costaud bête mais pas méchant, mon troisième une femme méchante mais pas bête, mon tout un cocktail explosif qui a explosé et fait trois victimes !

Que s'est-il réellement passé ce soir-là ? Dans quelques jours, l'incident sera oublié, Ted restera un moment confus et Cluthe détestera Violaine davantage. Quant à moi, j'en serai encore à m'interroger, et à essayer de protéger ces enfants contre les autres et contre eux-mêmes...

(Page du carnet d'observations du docteur Pierre Barthélemy.)

3
Colorari : prendre des couleurs

*On a longtemps dit que le monde était plat comme une
crêpe. Quand ils ont eu le droit d'en rigoler, certains ont
affirmé qu'il était rond comme un ballon. Puis d'autres ont
certifié que le ballon était aplati sur les pôles. D'autres encore
se sont esclaffés et ont clamé que la Terre n'était ni plate ni
ronde mais bleue, bleue comme une orange. Ce sont eux qui
sont le plus près de la vérité. La Terre n'est pas ronde, elle
n'est pas plate : elle est ronde et plate, constituée de couches
plates qui font le gros dos. Surtout, elle est bleue, bleue et
orange. Bleue là où c'est profond, orange où ça affleure. Et
puis violet, ocre, jaune, rouge partout, ça dépend des
couches, de la cuisson des crêpes du monde ! Pour comprendre la Terre, il faut en voir les tranches. Voilà : la Terre
est un gâteau, une charlotte pleine de fruits...*

La neige était tombée durant la nuit et recouvrait
l'herbe du parc. Nicolas bondit hors de son lit, chaussa
ses lunettes de soleil épaisses et ouvrit les rideaux en
grand. L'afflux de lumière l'aveugla malgré la protection des verres fumés. Il plissa les yeux et se força à

regarder dehors. Il vit la couche de neige, le soleil qui la faisait scintiller, les branches couvertes de givre des arbres bordant le lac.

Puis sa vision se brouilla. Il résista à l'envie de fermer les yeux. C'était ce qu'il aurait fait, une semaine plus tôt. Mais depuis, Violaine avait découvert le secret des dragons.

« Les dragons sont partout, leur avait-elle confié après l'incident du réfectoire. Ils sont effrayants mais ils ne sont pas dangereux, enfin, pas vraiment. Il faut juste les apprivoiser ! »

Lui, Nicolas, il ne voyait pas les dragons que voyait son amie. Mais il connaissait bien ceux qui se cachaient dans sa propre tête. Grâce à Violaine, il était en possession d'un secret : pour cesser d'avoir peur, il fallait oser, oser « gratter son monstre derrière les oreilles », comme elle disait !

Nicolas garda donc les yeux ouverts derrière ses lunettes noires. Et la neige changea de couleur. *Il distingua des plaques rouges, immobiles sous le manteau blanc, et des taches jaunes sous les plaques rouges.* Il était allé vérifier, plusieurs fois, et maintenant il savait que les plaques étaient des parties du sol plus chaudes que la couche de neige. Les taches, elles, signalaient des êtres vivants, des animaux réfugiés sous la terre, mulots ou vers, selon leur grosseur.

Il s'était amusé, à partir de là, à donner du monde une autre définition, une définition qui correspondait davantage à ce qu'il en voyait. Un monde de couleurs. Arthur avait trouvé ça génial !

La vision du garçon se brouilla à nouveau et la neige redevint blanche.

Nicolas se détourna de la fenêtre, le cœur palpitant, mais content de lui. Encore une fois, il était allé jusqu'au bout. Il n'avait pas reculé, il avait approché son dragon. Il était sur la bonne voie. Il ôta ses lunettes et entra dans la salle de bains, éclairée par une ampoule blanchâtre de faible intensité. Il n'avait pas besoin de plus pour y voir comme en plein jour. Il se regarda dans la glace. Il avait treize ans mais en paraissait dix. Ses cheveux, tombant à mi-cou, étaient blonds, presque blancs. Ses yeux sans pupille étaient gris, un gris uniforme, presque métallique. Il mettait des lunettes pour s'abriter de la lumière qui le blessait, mais il en aurait aussi porté pour se protéger du regard des autres.

Il se doucha, s'habilla rapidement et descendit dans le réfectoire pour le petit déjeuner.

– Attention, Nicolas !

Le garçon se baissa juste à temps. La boule de neige lancée par Violaine se perdit dans la pente. D'un geste, il remercia Arthur de l'avoir averti. Puis il confectionna à son tour un projectile, qu'il envoya sur Violaine. Il la rata également. Il s'assit dans la neige, essoufflé, et fut bientôt rejoint par les autres.

– Brrr ! dit Violaine en ôtant ses moufles et en soufflant sur ses doigts. C'est glacé !

– C'est de la neige, répondit laconiquement Arthur. Quatre centimètres de bonne neige bien fraîche.

– Tu n'as pas froid, toi ? demanda Violaine à une fille diaphane, aux cheveux blonds et aux yeux délavés.

Claire ne portait qu'un pull. Elle ne frissonnait pas.

– Non. Ça va.

Violaine respira à fond en regardant le ciel.

– On est vraiment bien, ici, tous les quatre.

– On est très bien, confirma Arthur en réajustant son bonnet sur la tête. J'aime la neige. Elle efface, elle étouffe, elle tue le moindre détail et assomme les sons. Le monde entier devrait être blanc et pur comme la neige.

– Moi, le blanc me flanque des angoisses, dit Nicolas. Ça me rappelle trop la blouse des infirmiers !

– Justement, reprit Violaine. Ici, pas d'infirmiers ni de surveillants. On a presque l'impression d'être libres !

Arthur tourna vers Violaine son regard sérieux.

– Tu penses vraiment qu'on est prisonniers de cette clinique ?

– Je pense qu'on est prisonniers, répondit-elle, les yeux toujours perdus dans le ciel. Mais pas de la clinique : de nous-mêmes…

Un silence accompagna la dernière phrase de Violaine.

– La mère Cluthe t'en veut encore ? demanda Nicolas.

– Elle m'en veut depuis le début, tu le sais bien. Elle m'en voudra jusqu'à la fin.

– Ce n'est pas juste, s'insurgea Arthur, même si tu as trafiqué le dragon de Ted, ce n'est pas tout à fait ta faute si cette brute s'est jetée sur elle ! Tu ne lui as pas dit de le faire.

– Non, c'est vrai. Mais cette femme me collerait sur le dos la responsabilité du prochain typhon aux Philippines ! Regarde, cette histoire de graffiti trouvé dans le réfectoire : je n'y étais pour rien et on m'a quand même accusée ! C'est comme ça tout le temps, maintenant.

– Elle se venge de n'avoir pas réussi à te faire renvoyer.

– Sûrement. Je sais qu'elle en veut aussi beaucoup au Doc. Il a encore pris ma défense devant le directeur.

– J'ai une explication pour justifier le comportement de Ted, dit tout à coup Nicolas en arborant un sourire moqueur. Ted éprouvait depuis longtemps pour Cluthe une terrible passion. Il n'a pas pu y résister, c'est tout !

– Très drôle ! En attendant, moi, tous les soirs, j'ai double dose de ces horribles pilules.

– Ne te plains pas, il paraît qu'avant on enfermait ceux qui avaient des crises dans une cellule capitonnée. Pendant des semaines.

Violaine jeta un regard étonné à Claire.

– Tu crois à ce genre d'histoires, toi ?

– Je ne sais pas, peut-être, répondit-elle de sa voix douce qui ressemblait à un murmure.

– En tout cas aujourd'hui, assura Violaine, le Doc ne permettrait jamais qu'on nous enferme.

– Je commence à avoir froid aux fesses, se plaignit Nicolas.

Ils se levèrent et firent quelques pas.

– Le surveillant, Ted, comment est-ce qu'il a expliqué son geste ? reprit Arthur.

La respiration de Violaine s'accéléra. Elle se revit dans le bureau du directeur, serrée dans une camisole, tandis que la mère Cluthe rapportait dans le détail – et à sa manière – les événements.

– Ted a cru que le docteur Cluthe me voulait du mal, répondit Violaine. Il a cherché à me protéger. C'est ce qu'il a dit, en tout cas.

– Il n'a pas parlé des dragons ?

Elle haussa les épaules.

– Il n'y a que moi qui les vois.

– À propos de dragons, dit Nicolas, leur secret, le secret que les dragons t'ont confié…

– Que je leur ai volé !

– Comme tu veux, continua Nicolas, imperturbable. En tout cas, il marche. Au lieu de fermer les yeux, je les garde ouverts maintenant. Je n'ai plus peur de ce que je vois, même si j'ai encore mal. Mais ces douleurs, dans ma tête, je crois que je vais m'habituer.

– Moi, grogna Arthur, ça fait longtemps que je m'entraîne et que je m'habitue. J'appelle ça « dessiner des singes ».

– Je m'entraînais aussi, répondit Violaine. Avec une épée et un bouclier. Je me suis longtemps abritée derrière. Je n'avais pas compris.

– La première priorité, c'est de survivre, se justifia Arthur. Sans mes singes, je serais devenu fou. Et toi aussi, ma vieille, sans ton bouclier !

– Tu as sûrement raison, reconnut Violaine. Mais un jour, survivre ne suffit plus. Et toi, Claire ?

La fille blonde n'eut pas l'occasion de répondre. Leur attention fut attirée par un bruit de moteur en contrebas, près du lac, derrière le bois.

– De nouveaux pensionnaires, prédit Arthur. C'est inhabituel, en cette saison. Quatre-vingt-trois pour cent des admissions ont lieu en septembre.

Arthur ne put s'empêcher de penser aux deux malades, presque adultes, qui étaient arrivés cette année. *L'un portait des sandales en cuir, l'autre un pantalon trop court et...* Il secoua furieusement la tête.

– Cette fois, ce ne sont pas des pensionnaires, annonça Nicolas.

– Comment tu le sais ?

– Je le sais, c'est tout.

Aussi clairement que si elle était sous ses yeux, le garçon voyait la voiture derrière les arbres. *Rouge et chaude, surtout à l'avant, près du moteur.* À l'intérieur se tenaient trois adultes. *Trois formes vivantes et jaunes, assises sur des sièges en cuir, violet.*

– J'annonce une... une Mercedes, une grosse voiture en tout cas, et trois personnes à bord, dont un géant !

Ses amis le regardèrent, médusés.

– Personne ne veut parier avec moi ? proposa Nicolas. Allez, on joue nos desserts !

Une voiture puissante se rangea sur le parking, en face du bâtiment administratif, et trois hommes en sortirent. Le premier, grand et maigre, avec une moustache, alluma une cigarette. Le deuxième, une montagne de muscles, enfouit ses mains dans les poches de son blouson **de** ski et inspecta les alentours. Le troisième, vêtu d'un élégant manteau de chasse noir, prit la tête du groupe et se dirigea vers l'entrée du bâtiment. Ils formaient un étrange trio, hétéroclite et inquiétant.

Nicolas fit un grand sourire à Arthur qui maugréa quelque chose à propos des desserts qui, de toute façon, n'étaient jamais bons le midi.

L'individu de tête, qui devait être le chef, boitait de la jambe droite. Il tourna le visage dans la direction des quatre jeunes gens. Son regard, pénétrant, les détailla l'un après l'autre. Ils frissonnèrent inexplicablement. Puis la porte vitrée à double battant avala les trois hommes.

– Ils foutent les jetons ! dit Nicolas qui exprima ce qu'ils ressentaient tous.

– On les dirait tout droit sortis d'un mauvais film policier, ajouta Arthur.

Les deux filles ne dirent rien. Claire parce qu'elle parlait peu. Violaine parce qu'elle s'interrogeait sur ce qu'elle avait vu, ou plutôt pas vu.

Elle avait clairement aperçu deux dragons, des dragons noirs, l'un autour de l'homme à la cigarette, l'autre à côté du géant au blouson de ski. Mais leur chef, celui qui les avait longuement regardés, n'en possédait aucun. Il était comme… nu. Peut-être qu'elle avait mal regardé, qu'elle s'était trompée. C'était possible, après tout, il était passé vite ! Cela ne lui était jamais arrivé de croiser la route d'un homme sans dragon. Elle éprouva un sentiment de malaise et se rapprocha de ses amis, de leurs flammes blanches, familières et rassurantes.

Cluthe = vieille peau

(Graffiti trouvé sur un mur du réfectoire, immédiatement attribué à Violaine. Une analyse graphologique ayant définitivement mis hors de cause la jeune pensionnaire, les soupçons du directeur se sont portés sur Ted, le surveillant, qui continue à manifester depuis sa crise de démence une incompréhensible hostilité à l'encontre du docteur Cluthe.)

4

Aura, æ, f. : vent léger

*Je suis une sylphide. Mes parents m'ont trouvée un jour
de grand vent au pied d'un roseau, j'étais encore bébé, je
ne me souviens de rien. Ils m'ont toujours caché la vérité et
j'ai dû la découvrir seule. Le jour de mes douze ans, je suis
allée les voir et je leur ai dit que je savais tout. Je savais
qu'ils m'avaient volée aux esprits de la brise et des grands
souffles, que c'était pour cela que j'aimais tant fermer les
yeux à ma fenêtre et laisser le vent caresser mon visage. Ils
étaient éberlués mais j'ai continué, j'ai essayé de leur expliquer que c'était parce que je vivais au sol que j'étais si maladroite, que s'ils pouvaient me voir dans les airs, ils verraient combien je suis gracieuse. J'ai terminé en concluant
qu'il fallait me ramener là où ils m'avaient prise, au pied
du roseau, près du lac. Quelques semaines plus tard, ils
m'ont effectivement emmenée près d'un lac. Mais il n'y
avait pas de roseau, juste une autre maison et des hommes
en blouse blanche ou bleue qui ne ressemblaient pas à des
sylphes…*

Claire ne prit pas le chemin du réfectoire avec les autres. Elle les rejoindrait plus tard. Le Doc lui avait demandé de passer dans la journée, quand elle voulait. « Quand elle voulait. » Des mots inhabituels jusqu'à l'arrivée de Barthélemy dans la clinique ! Elle avait donc décidé, malgré la désapprobation de ses amis qui n'aimaient pas la laisser seule, d'aller voir le Doc tout de suite puisque son bureau était à deux pas. Ou à mille. Elle grimaça à cette pensée.

La jeune fille s'engagea résolument dans la pente menant au parking. Elle écarta de ses longs doigts les cheveux blonds qui tombaient, légers, devant ses yeux. Des yeux bleu pâle immenses. On distinguait nettement sous sa peau blanche le fin réseau des veines qui lui donnait une apparence fragile. L'apparence d'une porcelaine translucide, prête à se briser.

Elle fit un pas, puis deux, puis trois. Comme d'habitude lorsqu'elle marchait toute seule, sans quelqu'un pour la soutenir, elle fut saisie de vertiges et chancela. Mais au lieu de se laisser tomber sur le sol, comme elle le faisait normalement pour que ça s'arrête, elle s'obligea à rester droite et à faire un pas de plus. *Bouger à l'intérieur d'une enveloppe. L'espace est une enveloppe que les autres portent sur eux, comme un vêtement. Mais moi, moi je marche dedans, dans un couloir de vent.* Le parking devint flou, on aurait dit un paysage défilant à travers la vitre d'un train. *Je marche hors du temps, un temps qui s'arrête aux contours de l'enveloppe. En indépendance. Faire un pas au lieu de trois et trois au lieu de neuf. Puis s'arrêter et recoller à l'enveloppe.* La sensation de déséquilibre s'estompa.

Elle regarda derrière elle : pour se trouver où elle était à présent, elle aurait dû avoir fait trois pas et non un.

Elle ne comprenait rien. Cela faisait quinze ans que c'était comme cela. À chaque fois qu'elle croyait être à un endroit, elle n'y était pas. Elle en était plus proche ou plus loin. Alors forcément elle tombait, se cognait, trébuchait. Comment ne pas se sentir folle ? Comment ne pas avoir envie de rester toute la journée sur son lit, sans bouger ? C'était pareil quand il s'agissait de prendre un objet. D'attraper le ballon que lançait un camarade, ou de ranger la vaisselle. Combien de tasses et d'assiettes avait-elle cassées sous le regard exaspéré, puis résigné de sa mère ? Beaucoup trop sans doute puisque, peu après le soir où elle avait eu la brillante idée de parler à ses parents de son origine fée, on l'avait conduite ici. Ici, un endroit où on ne rangeait pas la vaisselle et où on ne vous lançait pas de ballon.

C'était Arthur qu'elle avait rencontré d'abord. Un peu par hasard, il fallait bien l'avouer. En fait elle était tombée… dans ses bras ! Enfin, elle était tombée et il l'avait rattrapée. Elle s'était sentie si seule pendant un an que cette rencontre fut une véritable bouffée d'air. Pourtant, il n'était pas drôle, Arthur. Toujours sérieux, toujours fatigué. Et puis ses yeux, ses yeux sombres paraissaient si vieux ! Mais c'était le premier malade de son âge qu'elle voyait dans la clinique.

Ensuite, forcément, elle avait fait la connaissance de Nicolas. Forcément parce qu'ils étaient inséparables, Arthur et lui. Nicolas était plus jeune et Arthur jouait au grand frère. Ils étaient aussi paumés l'un que l'autre.

Mais Nicolas était plus gai. Il plaisantait volontiers. Elle avait fini par beaucoup l'aimer.

Enfin, Violaine avait fait son apparition. Une apparition tardive. Violaine, sauvage et taciturne, qui aurait pu ne jamais devenir leur amie. Renfermés, ils l'étaient tous. Mais elle, elle était en colère. Elle refusait les règles de la clinique. La clinique aurait pu la briser. Et puis un jour qu'ils s'étaient retrouvés par hasard à la même table, au réfectoire, Violaine leur avait parlé des dragons qu'elle voyait sur les gens. Elle leur avait raconté, à Arthur, Nicolas et elle, comment elle les combattait. Eux, ils n'avaient pas fait de commentaires. Ils l'avaient écoutée. Ensuite, Arthur avait dit que son crâne était parfois si plein qu'il s'arrêtait de fonctionner. Nicolas avait dit que s'il était plus courageux, il se crèverait les yeux. Elle, elle avait balbutié quelque chose sur sa maladresse et ses malaises. Cette conversation décousue les avait soudés. Les avait libérés et les avait liés. Ils n'avaient jamais reparlé de ça. Jusqu'à la semaine dernière, quand Violaine s'était évanouie dans le réfectoire. Le lendemain, elle les avait réunis, les yeux brillants, pour leur expliquer ce qu'elle avait fait, ce qui lui était arrivé. Elle avait triomphé de ses dragons. Elle les avait apprivoisés.

Claire avait pu constater ensuite comme son amie avait rapidement changé, comme elle était devenue plus forte. Plus… normale. Elle avait vu Nicolas suivre la route montrée par Violaine et s'exercer à comprendre ce que lui montraient ses yeux. Alors elle aussi, elle avait essayé. Elle choisissait un endroit et s'y rendait, sans personne pour lui tenir la main : quand on la tenait ou qu'on la touchait, ses vertiges cessaient. Momentanément.

Au début, les entraînements ne s'étaient pas très bien passés. Elle s'était fait mal, même très mal. Elle avait failli renoncer. C'est une phrase du Doc qui, involontairement, l'avait mise sur la bonne voie. Elle était dans son bureau, seule avec lui, enfermée dans son mutisme, et il avait dit : « Le monde n'existe que parce que tu le regardes, Claire. C'est pareil avec les gens : si tu leur souris, ils s'ouvrent, si tu les ignores, ils se ferment. » Elle avait réagi tout de suite à la deuxième partie du conseil et avait adressé un sourire timide au Doc, qu'elle aimait bien. Mais elle avait gardé le reste pour elle : elle se blessait parce qu'elle s'obstinait à bouger dans le monde des autres, qui n'était pas le sien. Peut-être qu'elle était vraiment la sylphide qu'elle s'imaginait être plus jeune. Pas pour de vrai, bien sûr ! Encore que… Enfin, son univers était ailleurs malgré tout. Elle devait apprivoiser ses propres dragons, son environnement et son espace.

C'était ce qu'elle avait fait et la situation s'était nettement améliorée.

Elle posa le pied sur le goudron du parking. Un pas, deux et… *un flottement, une faille sous mes pieds, que j'enjambe en tremblant.* Trois. *L'air se trouble autour de moi. Je peux presque le sentir vibrer sur mon passage, comme si je dérangeais quelque chose. Comme si j'entrais par effraction dans un lieu trop petit, trop étroit pour moi.* Quatre et… *Cette fois, je saute carrément par-dessus le vide*. Cinq. Claire pouvait toucher la porte d'entrée. Cinq pas au lieu de vingt. Waouh ! Elle ressentit une inexplicable fierté. Elle n'était pas tombée, elle ne s'était pas cognée !

Il était midi passé et la secrétaire avait abandonné son poste pour aller déjeuner. Le bâtiment était désert. Claire savait que le Doc déjeunait dans son bureau, au fond du couloir, avec la seule compagnie de ses dossiers, pour gagner du temps. Du temps qu'il aimait ensuite consacrer aux pensionnaires, dans l'après-midi ou la soirée.

Claire s'arrêta devant la porte fermée et s'apprêta à frapper. Elle se réjouissait à l'idée de lui faire une surprise. Même s'il était dérangé, le Doc préférait toujours une visite à un dossier. Elle écoperait sans doute en retour d'une mauvaise plaisanterie, au pire d'une énigme débile ! Mais elle retint son geste : de l'intérieur provenaient des éclats de voix. Claire resta interloquée. Jamais elle n'avait entendu le Doc crier ! Il devait se passer quelque chose de vraiment grave. Quel était le pensionnaire qui mettait le Doc hors de lui ? Poussée par la curiosité, elle colla son oreille contre le bois.

– Nous voulons ces documents, Barthélemy, dit une voix au fort accent américain.

– Qu'avez-vous fait à Harry pour qu'il parle ? Vous l'avez torturé, n'est-ce pas ? Vous l'avez même peut-être tué !

– Les documents, docteur.

– Quel intérêt ? Depuis tout ce temps… Allez au diable !

– Ne nous obligez pas à vous faire mal, continua une deuxième voix, rauque, abîmée par le tabac.

Claire mit une main devant sa bouche pour étouffer un cri. C'était sûrement les trois hommes de tout à l'heure. Ils étaient venus pour le Doc, ils allaient lui faire mal !

– Il ne dira rien, intervint le troisième.

Celui-là parlait un français sans accent. Son timbre, calme et grave, était infiniment plus inquiétant que celui de l'Américain ou du fumeur. Claire supposa que cette voix appartenait à l'individu qui les avait dévisagés de façon si désagréable, sur le parking.

– Vous vous faites l'artisan de vos propres malheurs, docteur Barthélemy. Il serait si simple de nous rendre ces encombrants documents, des documents qui, d'ailleurs, ne vous appartiennent pas. Nous pourrions tous tirer un trait définitif sur le passé. Vous avez trouvé une bonne place, ici. Ce serait dommage.

– Mon premier mange trop de hamburgers, mon deuxième devrait arrêter la cigarette, mon troisième...

– ... vous conseille de tenir votre langue, à moins que vous ne souhaitiez vous retrouver avec un moignon sanguinolent dans la bouche. Allez, messieurs, on emmène le docteur en promenade !

Les trois hommes s'apprêtaient à sortir. Affolée, Claire recula précipitamment et heurta le mur derrière elle. Le silence se fit dans le bureau. L'Américain – un colosse – sortit dans le couloir, arme au poing. La rapidité et la fluidité de ses gestes trahissaient un professionnel.

– Personne, boss.

Le couloir était désert. L'homme au manteau de chasse sortit à son tour et jaugea les lieux. Il n'y avait aucun endroit pour se cacher. Et personne n'aurait pu s'enfuir si vite. Rassuré, il se tourna vers Pierre Barthélemy qui le défia du regard. Le docteur était fermement tenu par l'autre gorille.

– En route.

Le petit groupe regagna le véhicule sans croiser personne. L'Américain prit le volant. Le moteur démarra dans un rugissement.

Claire sortit en tremblant de sous le comptoir de l'accueil. Elle vit la voiture disparaître sur le chemin longeant la forêt et le lac. Quelle frousse ! Lorsque la porte du bureau s'était ouverte, elle n'avait pas réfléchi. Elle avait couru vers la sortie. Une enjambée, deux enjambées. Elle avait sauté par-dessus le comptoir. Elle s'était blottie derrière. Le premier homme avait surgi hors du bureau à ce moment-là. S'il avait été plus sensible, il aurait pu voir l'air vibrer encore de sa course à elle. Mais il n'avait rien vu, et celui qu'il avait appelé « boss » non plus. Tant mieux. Car ils l'auraient emmenée aussi, elle en était sûre. Et puis sans doute tuée, comme le Doc allait l'être.

Elle rassembla ses esprits. Il fallait absolument qu'elle rejoigne les autres pour les mettre au courant, leur raconter tout ce qu'elle avait vu et entendu.

Claire quitta le bâtiment et se dépêcha de gagner le réfectoire.

Le cas de la petite Claire est particulièrement intéressant. Bien sûr, comme de nombreux pensionnaires, elle dissimule ses problèmes derrière des explications abracadabrantes, fondées sur une mythologie délirante. Mais contrairement à ses principaux camarades, Violaine, Nicolas ou encore Arthur, dont le trouble central est de s'imaginer victimes de troubles – divagations entraînant un comportement paranoïaque pour la première, obsessionnel pour le deuxième et autiste pour le troisième –, il semblerait que les désordres dont souffre Claire reposent sur une forme de réalité. Certains de ces mouvements, en effet, ont plongé les témoins – tous médecins – dans la perplexité. C'est comme si elle se déplaçait, sans en avoir conscience, autrement que nous. Il m'est impossible d'en dire davantage, faute de compétences en ce domaine. C'est pourquoi je suggère que cette enfant fasse l'objet de tests approfondis, en présence d'une équipe de spécialistes.

(Rapport remis par le docteur Cluthe au directeur de la clinique et classé sans suite par celui-ci pour ne pas attirer l'attention sur un établissement parfaitement rentable, fonctionnant depuis des années dans la grande et estimable tradition suisse de discrétion...)

5

Liber, bri, m. : livre

Le sol de la caverne était toujours aussi froid. Elle en souffrait moins depuis qu'elle était assise. Elle ne parvenait toujours pas à se mettre debout, mais au moins, elle avait réussi à bouger. Ses bras pendaient, inertes, le long du corps. Dans un effort qui fit naître des gouttes de sueur sur son front, elle parvint à tourner la tête et laissa son regard se perdre dans la grotte. Pour la première fois, elle prenait conscience de l'endroit où elle se trouvait. La salle, faiblement éclairée par la lumière en provenance de l'entrée, était immense. Des stalactites pendaient du plafond comme d'étranges cierges noirs. Elle remarqua, au-dessus du nid de dragons, une voûte qui n'était pas naturelle. On aurait dit un ajustement de pierres formant des arcs-boutants. Sur ces pierres étaient gravées des inscriptions. Mais elle ne parvint pas à les déchiffrer…

Violaine ouvrit la porte du bureau du Doc sans faire de bruit. Les visiteurs étaient partis. Cependant, la jeune fille avait l'impression d'être elle aussi une intruse.

— Tu avances ou quoi ? chuchota Nicolas derrière elle.

Violaine entra carrément, suivie par les autres.

Ils s'étaient attendus à trouver une pièce ravagée, mise à sac comme dans les films. Mais tout était en ordre. Il ne manquait que le Doc.

— Tu n'as pas dit qu'ils cherchaient quelque chose ?

— Si, des documents, répondit Claire.

— Ils n'ont même pas fouillé la pièce !

La fille blonde haussa les épaules.

— Ils n'ont pas eu le temps, ou alors ils ne voulaient pas faire de bruit.

— Possible, reconnut Violaine.

— Ils étaient renseignés, en tout cas, dit Nicolas. Ils sont venus à midi, sachant que tous les bureaux seraient vides sauf celui du Doc. À votre avis, c'est qui, ces types ?

— Aucune idée, marmonna Violaine en faisant le tour de la pièce.

— Peut-être la police, ou des agents secrets, proposa Claire.

— Vu leur dégaine, plutôt des types échappés d'un cirque !

— Qu'est-ce qu'ils peuvent bien vouloir au Doc ? s'étonna Arthur. Vous croyez que c'est un criminel en fuite ?

— Le Doc, un criminel ? dit Violaine. Son seul crime est de vouloir nous aider, envers et contre tous ! Trouve autre chose.

— Claire a parlé de documents. Et s'il s'agissait de

preuves mettant en cause un parrain de la mafia, que le Doc détiendrait par un concours de circonstances, et que les mafiosi voudraient récupérer ?

— Mouais, ça se tient, dit Nicolas.

— C'est ridicule et vous êtes grotesques, soupira Violaine.

Les deux garçons se regardèrent, offusqués.

— C'est une hypothèse comme une autre, se défendit Arthur.

La jeune fille fit mine de ne pas avoir entendu.

— Tu penses que les documents sont encore dans ce bureau ? lui demanda Claire.

— C'est l'endroit où le Doc passait le plus de temps.

— Avec sa chambre, ajouta Nicolas.

— Les chambres sont rangées tous les jours par une femme de ménage. Ce n'est pas le meilleur endroit pour cacher de précieux documents ! Par contre, le Doc ferme toujours son bureau à clé.

— Ton raisonnement fonctionne, dut reconnaître Arthur.

— Ça ne serait pas plus simple d'aller tout raconter au directeur ? lâcha Claire après une hésitation.

— Ben voyons… ironisa Violaine. Monsieur le directeur, des agents du KGB ont enlevé le docteur Barthélemy, j'étais là, j'ai tout vu ! Tu sais ce qu'il te répondra ?

Claire secoua la tête.

— Il te dira : « Mais oui, ma petite, et ta copine a vu des dragons dans les airs, et ton copain des singes sur les murs ! »

Nicolas lui prit la main.

– Violaine a raison, Claire. Personne ne nous croira. Le directeur pensera même qu'on a fait le coup !

– Et s'il ne le pense pas, dit Violaine, la mère Cluthe le lui soufflera.

Arthur regarda sa montre et manifesta des signes d'impatience.

– La secrétaire est très ponctuelle. Elle sera revenue à l'accueil dans dix-huit minutes. Il faut partir !

– On a encore du temps, répondit Violaine. Essayons de chercher.

Claire et Nicolas s'approchèrent des rayonnages et commencèrent à compulser les dossiers.

– Il faudrait une journée entière pour tout regarder, se désespéra Claire.

– Je vous rappelle qu'il nous reste seize minutes.

– Au lieu de nous taper sur les nerfs, viens plutôt nous aider !

Arthur soupira.

– Je ne sais pas si cette information peut vous être utile mais il manque un livre dans la bibliothèque.

Ils s'arrêtèrent de fouiller dans les papiers.

– Tu peux répéter ?

– Depuis ma dernière visite au Doc, c'est-à-dire hier après-midi, *à quatorze heures douze*, un livre a disparu de la bibliothèque. Le reste n'a pas bougé.

Violaine réfléchit. Un livre. Pourquoi pas, après tout !

– Tu te rappelles à quoi il ressemblait ?

Arthur ne put s'empêcher de sourire tristement. Bien sûr qu'il se rappelait !

– Un livre à la couverture en cuir clair. *Vingt-deux*

centimètres de hauteur et un centimètre et demi d'épais-
seur. Il n'y avait pas d'inscription sur le dos.

— Ils l'auraient pris, vous croyez ? demanda Nicolas.

— Je ne pense pas, dit Claire. Ils ne semblaient pas avoir trouvé ce qu'ils étaient venus chercher.

— Dans ce cas, ce livre doit encore être là, suggéra Violaine.

— Je ne le vois pas, dit Arthur en balayant la pièce du regard.

— Le Doc l'a peut-être caché.

— Pourquoi l'aurait-il caché entre hier et aujour-d'hui ?

Violaine s'approcha de la fenêtre. Dehors, on aper-cevait une partie de la route menant à la clinique.

— Il a dû voir la voiture arriver et se méfier. Il n'a pas voulu prendre de risque.

— Pour être aussi prudent, il devait s'attendre à une visite.

— Ou bien la redouter. Ça ne colle pas, cette histoire.

— Bon, dit Arthur qui voyait les minutes défiler, de toute façon il n'a pas eu le temps de cacher le livre ailleurs que dans le bureau.

Ils recommencèrent leur prospection. Violaine serra rageusement les poings.

— Le Doc n'est pas idiot. La planque doit être dure à trouver !

— Onze minutes, annonça Arthur.

Violaine souleva le tapis devant le bureau. Évidem-ment, il n'y avait en dessous ni trappe ni coffre, juste de la poussière qui les fit éternuer.

– On ne repartira pas bredouilles, dit Nicolas, goguenard. On a la preuve que personne ne vient faire le ménage ici !

Brusquement, sous ses yeux, la couche de saleté s'estompa, ainsi que les lattes du plancher. *Révélant le bleu glacé d'une dalle en béton, uniforme.* Ça recommençait ! Son regard glissa sur la bibliothèque. Les livres étaient jaunâtres, animés d'une vie propre. *Ils luisaient faiblement sur les rayonnages de bois orangés.* Les murs de parpaing, derrière, étaient aussi froids que le béton du sol. Il baissa à nouveau les yeux et son attention fut attirée par un détail. Il fronça les sourcils, mais sa vision se brouilla et redevint normale.

– Non, pas tout de suite, grommela-t-il entre ses dents.

– Qu'est-ce qui se passe, Nicolas ?

Le garçon fit signe à Arthur de se taire. Il se concentra sur ce qu'il avait vu, près de la porte, au niveau du seuil. Un plancher. Et sous le plancher… Les images hésitèrent devant ses yeux. Il fit un effort intense et sa vision bascula à nouveau. *Le bois du parquet devint transparent, révélant un creux dans la chape de béton.*

Il tituba. C'était la première fois qu'il décidait de forcer sa vision. D'ordinaire, cela se faisait malgré lui. L'effort mental l'avait épuisé. Arthur l'aida à s'asseoir.

– Ça va ?

– Il y a quelque chose sous le plancher, à l'entrée, dit Nicolas en désignant un endroit précis.

Sans perdre de temps, Violaine et Claire s'accroupirent et tâtèrent les planches, à la recherche d'un mécanisme.

– J'ai trouvé ! s'exclama Claire.

Elle fit glisser un morceau du parquet, à la façon d'un casse-tête chinois, dégageant une prise pour la main. Puis elle souleva une latte.

– Ingénieux, dit Violaine. On reste généralement debout à l'entrée quand on vient voir quelqu'un. On ne regarde pas sous ses pieds.

Claire tira de la cache, creusée grossièrement au burin dans le béton, un livre à la couverture de cuir clair.

– Bingo ! Bien joué, Nicolas. Arthur, c'est le livre qui a déserté la bibliothèque ?

– Oui… Quatre minutes.

– On remet le plancher en place et on s'en va, commanda Violaine.

Ils quittèrent le bâtiment au moment où un crissement de pas sur le gravier annonçait l'arrivée de la secrétaire. Ils s'éloignèrent rapidement.

– Et maintenant ?

Ils s'étaient réfugiés sur la pente au-dessus du parking, là où ils jouaient aux boules de neige tout à l'heure.

– Maintenant, dit Violaine, voyons ce livre.

L'ouvrage sentait fort le cuir. La couverture était souple, agréable au toucher.

– Le livre d'Ézéchiel le prophète, déchiffra-t-elle sur la première page.

– C'est une partie de la Bible, de l'Ancien Testament, précisa Arthur.

– Ces hommes auraient enlevé le Doc pour un livre même pas complet ?

– C'est peut-être un livre ancien qui vaut très cher.

Violaine fit une moue dubitative. Elle inspecta l'objet, le tourna et le retourna entre ses mains.

– Ce livre n'est pas si vieux que ça. Les pages ont été reliées récemment : on voit des traces de colle.

– Je pense que l'on peut aussi abandonner la piste de la mafia, suggéra Nicolas, remis de son malaise.

– Ce n'est pas le plus important pour l'instant, dit Violaine. Ce qui compte, c'est que nous l'ayons trouvé avant les autres.

– Je suis sans doute bête, dit Arthur, mais… pourquoi est-ce que ça compte ?

– Parce que nous avons une monnaie d'échange pour tirer notre bon vieux Doc de ce mauvais pas.

Arthur poussa un soupir exaspéré.

– Tu ne sais plus ce que tu dis ! Quand ils auront fait parler le Doc, ces hommes vont revenir, raconter des salades au directeur et nous obliger à rendre le livre. Sans aucune contrepartie. Si on s'en tire avec une baffe et double ration de pilules pendant un mois, on pourra même s'estimer heureux !

Violaine tourna vers lui un visage triomphant.

– Tu as raison, Arthur. Mais ce livre, c'est sans doute le seul moyen de sauver la vie du Doc. Quant aux pilules et aux baffes, moi non plus, ça ne me dit rien du tout. C'est pourquoi nous allons quitter la clinique…

Arthur, Nicolas et Claire la regardèrent, estomaqués.

Mon cher Minos. Le Grand Stratégaire accepte tes exigences. Le docteur Barthélemy, en possession des documents, se trouve en Suisse, à la Clinique du Lac près de Genève (je te balancerai les coordonnées précises pour paramétrage de ton GPS). Son bureau se trouve dans le bâtiment administratif face au parking, au fond de l'unique couloir, à droite (une fenêtre, mais ne sautera pas, trop vieux !). Il a pris l'habitude de déjeuner sur place. Une secrétaire officie à l'accueil, part à midi et revient à treize heures trente (attention, elle est ponctuelle). Il n'y a personne d'autre dans les lieux à ce moment-là. L'opération Ézéchiel est lancée. Ce sera une partie de plaisir ! J'attends de tes nouvelles. Hydargos.

(Message crypté reçu sur son ordinateur portable par l'homme au manteau de chasse, quelques heures avant son irruption dans le bureau de Pierre Barthélemy.)

6
Fuga, æ, f. : fuite

Je sais maintenant qu'il y a d'autres enfants volés au Petit Peuple. Des enfants enlevés à leur naissance au pied des arbres, des sources et des rochers. Arrachés à leur véritable existence. J'ai longtemps cru être la seule, pauvre sylphide perdue au milieu des hommes essoufflés. Et puis j'ai rencontré le fils d'un triton et d'une naïade, né pour vivre dans le silence des vagues, dense comme est dense la mémoire de l'eau. J'ai aussi trouvé un fils de farfadets, pénétré des secrets de la Terre, drôle et gai comme un lièvre de mai ! Enfin, j'ai croisé la route d'une fille de sorcier et de salamandre, dompteuse de ces dragons qui crachent la cendre...

— Les voilà ! dit Claire.

— Vous en avez mis du temps, chuchota Violaine sur un ton de reproche.

— On a fait ce qu'on a pu, répondit Arthur en aidant Nicolas à sauter le fossé. Des surveillants fumaient une cigarette dehors, juste devant la porte !

Les deux garçons secouèrent la neige accrochée au bas de leur pantalon. Ils avaient dû traverser le bois pour échapper aux rondes.

– En attendant, on se gèle avec Claire depuis vingt minutes !

Le ciel s'était chargé au cours de la soirée, et la température avait brutalement chuté. Des flocons tombaient, épars. Heureusement la lune serait bientôt pleine, et sa lumière, même masquée par les nuages, les éclairait faiblement.

– On a bien choisi notre moment, ironisa Nicolas.

Violaine haussa les épaules.

– J'espère que le mauvais temps n'effraiera pas les automobilistes, dit Arthur, parce qu'il va falloir faire du stop.

– Tu n'as pas eu de mal pour établir l'itinéraire ? demanda Claire.

– J'ai trouvé ce que je voulais à la bibliothèque. Une fois sur la grande route, nous devons aller jusqu'à Nyon, puis Saint-Cergue, puis Les Rousses, puis…

– Tout ça dans la nuit ?

– Le plus vite possible, en tout cas, dit Violaine. On aura bientôt les ravisseurs du Doc aux trousses.

– Et la police, quand la clinique signalera notre disparition ! rappela Nicolas.

– Ne perdons pas de temps, alors.

Ils ajustèrent leurs sacs sur les épaules et s'éloignèrent de la clinique d'un bon pas. Nicolas tenait la main de Claire pour qu'elle puisse marcher normalement.

Violaine promena un regard attentif sur ses amis.

Tout le monde avait pris soin de se vêtir chaudement, troquant même les habituelles tennis contre de solides chaussures de marche. Il faut dire qu'ils avaient trouvé tout ce qu'ils voulaient dans la réserve jouxtant la salle de sport ! Un abondant et luxueux matériel, jamais utilisé, y était entassé. Ils s'étaient servis sans hésiter, empruntant chaussures et vêtements d'hiver, sacs à dos, duvets et même une tente, pour le cas où. Puis ils avaient chargé les sacs avec des habits de rechange, de quoi boire et grignoter, ainsi que les quelques objets auxquels ils tenaient. Toute une vie dans le dos, derrière eux ! Ou plutôt, au bout de leurs chaussures. Violaine n'avait pas oublié le livre avec lequel elle comptait sauver la vie du Doc. Elle ne savait pas encore comment, mais elle trouverait une solution.

Ils parvinrent sur la grande route alors que la neige tombait à gros flocons. Une neige qui tenait et qui commençait à recouvrir le goudron.

– Dans une heure, il y aura quatre bonshommes de neige sur le bas-côté, soupira Nicolas.

– Ne sois pas pessimiste, le gronda gentiment Claire. C'est une route importante, quelqu'un va forcément passer.

En effet, une première voiture surgit devant eux sans s'arrêter, ainsi qu'une deuxième qui ne leur prêta pas la moindre attention. La troisième mit son clignotant et stoppa à leur hauteur. Une vitre se baissa et le visage d'un homme apparut.

– Tiens ! Vous êtes tout seuls ? De loin je t'ai pris pour un adulte, mon garçon ! dit-il en regardant Arthur.

Et vous allez où, comme ça, équipés comme des montagnards ?

– À Nyon, monsieur.

– Alors montez vite. Il fait un temps à ne pas mettre un bonhomme de neige dehors !

Il rit tout seul de sa plaisanterie. Violaine monta à côté de lui, les autres s'entassèrent avec leurs sacs à l'arrière. La chaleur à l'intérieur était agréable. Les essuie-glaces, battant follement, peinaient à chasser la neige du pare-brise.

– Moi, je vais à Versoix, annonça le conducteur. J'aurais mieux fait de prendre l'autoroute ! Qu'est-ce que vous faites ici par un temps pareil ?

– C'est une longue histoire, monsieur, répondit Claire en le fixant dans le rétroviseur.

– Mais nous, on ne sait pas bien raconter, continua Arthur.

– Il faut demander à notre amie, dit encore Nicolas.

L'homme glissa un regard vers Violaine qui se réchauffait en soufflant dans ses doigts.

– Très bien. Je t'écoute.

Violaine commença par poser une main sur le bras qui tenait le volant, puis elle prit une voix douce, légère comme un murmure :

– Des gens veulent nous faire du mal, monsieur. Il faut nous aider.

Les autres retinrent leur souffle à l'arrière. Le conducteur semblait étonnamment concentré sur Violaine.

– Pauvre petite ! Mais c'est affreux !

– C'est pour cela qu'on doit partir, vous comprenez ? On doit aller à Nyon, et puis après à Saint-Cergue, et puis aussi…

– Aux Rousses et à Morez, lui souffla Arthur.

– Oui, aux Rousses et à Morez, répéta Violaine. Seriez-vous assez gentil pour nous conduire là-bas ? S'il vous plaît, monsieur !

Claire observait la scène, fascinée. Elle ne voyait rien car rien n'était visible, mais elle savait que le chevalier-fantôme de Violaine tenait entre ses mains astrales le dragon de l'automobiliste, et qu'elle le grattait entre les oreilles. Avec de l'imagination, elle aurait pu l'entendre ronronner !

– Mais bien sûr que nous allons y aller, s'enthousiasma le chauffeur. Je ne vais quand même pas vous abandonner au bord de la route en pleine nuit !

La voiture laissa plusieurs bourgades derrière elle et entra bientôt dans Nyon. Au lieu de continuer vers Genève, l'homme prit la direction du centre-ville, traversa une interminable zone commerciale et s'engagea enfin sur la route qui s'élançait, sinueuse, à l'assaut du Jura.

– Heureusement que je suis équipé de pneus neige, dit-il en négociant un virage difficile. Mais j'ai peur que la route soit bloquée après Saint-Cergue.

Le silence régnait à présent dans l'habitacle. Bercé par le ronflement du moteur, Nicolas s'était assoupi.

Ils pénétrèrent dans Saint-Cergue, endormi à cette heure tardive. Comme l'homme l'avait prévu, la route qui grimpait au-delà, en direction de la France, était envahie par la neige. Ils continuèrent malgré tout aussi loin que possible. Lorsque le véhicule patina, ils descendirent.

— C'est très gentil de nous avoir conduits jusque-là, dit Violaine au chauffeur qui semblait infiniment malheureux de les laisser.

— Vous êtes sûr de ne pas vouloir venir chez moi ? Ma femme vous préparera un chocolat chaud et j'allumerai un joli feu !

— Non merci. Et puis à Nyon, vous nous aurez oubliés.

Elle appuya fermement le dernier mot. L'homme n'ajouta rien. La voiture fit demi-tour et bientôt ses feux arrière disparurent dans la nuit.

Il y eut un moment de silence. Puis les regards se fixèrent sur Violaine.

— Qu'est-ce qu'il y a ? s'étonna-t-elle.

— Non, rien. C'est juste... incroyable, ce que tu as fait à ce type.

— Hallucinant, tu veux dire.

— C'est ça qui est arrivé à Ted ?

— L'autre soir, dans le réfectoire, tout s'est déroulé malgré moi. C'était instinctif. Là, j'ai choisi de le faire. C'était comme si... comme si j'avais fait ça toute ma vie !

— Drôlement efficace, en tout cas, conclut Nicolas.

— Et maintenant ?

— Maintenant on marche, tiens ! Tu as une meilleure idée ?

— Il y a combien de kilomètres jusqu'aux Rousses ?

— Dix kilomètres et deux cents mètres. Environ.

Ils se turent, contemplant la route et les sapins qui la bordaient, blanchis par la neige.

Ils progressaient plus vite qu'ils l'auraient cru. La couche n'était pas si importante, et seules de larges congères interdisaient le passage des voitures. Ils glissaient par contre fréquemment sur le sol gelé. Les flocons cessaient de tomber par moments, et le ciel laissait voir alors une lune ronde et lumineuse. Ils passèrent devant des maisons blotties en contrebas de la route. Le froid s'intensifiait. Personne ne regrettait d'avoir pris gants et bonnet.

— Je suis crevé, répéta Nicolas pour la cinquième fois. Cette fois, mes pieds sont morts. Je ne les sens plus. C'est sûr, on va m'amputer.

— Si on pouvait t'amputer la langue, ce ne serait pas un mal, rétorqua Violaine.

— Ce n'est pas la peine d'être agressive, intervint Arthur qui avait remplacé Nicolas au côté de Claire.

— On a tous très froid, on est tous fatigués, on a tous très hâte d'arriver. Est-ce qu'on se plaint ? Non, il n'y a que Monsieur Nicolas pour geindre. Et on dit des filles…

Nicolas se renfrogna.

Ils continuèrent à marcher, s'arrêtant de temps en temps pour boire une gorgée d'eau glacée. Après avoir laissé de nombreux chalets hermétiquement clos derrière eux, ils finirent par en découvrir un, tout près de la route, flanqué d'un appentis rudimentaire dont la porte béait.

Ils s'y engouffrèrent avec soulagement et s'effondrèrent sur les restes d'un bûcher.

– Moi, je ne bouge plus, annonça Nicolas d'une voix éteinte. Tant pis pour le Doc, tant pis pour le bouquin, tant pis pour la police. Tout ce que je veux, c'est dormir.

– Tu te réveilleras au dégel, alors. Si tu t'endors maintenant, le froid te prendra et il te tuera !

Un courant d'air glacé entrait par la jointure des planches. L'haleine de leur respiration se transformait en vapeur. Ils sentaient bien qu'ils se refroidissaient à toute vitesse.

– Violaine a raison, dit Arthur. La meilleure solution, c'est de manger quelque chose et de reprendre la route.

– À ton avis, on est encore loin ?

– Je pense qu'on a fait la moitié du chemin.

– Super ! grommela Nicolas.

– On avance bien, dit Violaine. Si on continue comme ça, on arrivera en France dans la nuit. Ce sera plus facile pour passer la frontière.

Personne ne lui répondit et ils mangèrent en silence les portions volées au réfectoire. À la fin, Violaine soupira et prit la parole :

– Je suis désolée. C'est ma faute, tout ça. C'est moi qui vous ai entraînés dans cette galère.

Elle baissa la tête pour mordre dans une pomme, mâchant nerveusement derrière ses cheveux. Ses amis se sentirent mal à l'aise. Ils n'avaient pas l'habitude de voir Violaine dans cet état. Pour tout dire, ils la préféraient

forte que faible, même si ça la rendait parfois pénible !
Claire réagit immédiatement et posa sa main sur l'épaule
de son amie.

— Tu n'es coupable de rien, Violaine. Tu ne nous as
pas obligés à venir, on a choisi de t'accompagner. Et…
on te détestait déjà avant, ajouta-t-elle dans un sourire.

— Ça c'est vrai, dit Nicolas.

— Cette aventure n'est pas ordinaire, reconnut
Arthur. Mais les probabilités de s'en sortir sont quand
même bonnes.

Violaine releva la tête. Ses yeux humides brillaient
de reconnaissance.

— Bon, ronchonna Nicolas en sautant sur ses pieds,
dépêchons-nous de partir, sinon on va se transformer
en blocs de glace.

Lorsqu'ils sortirent du bâtiment, la lune faisait étin-
celer le manteau de neige.

Ils aperçurent bientôt le panneau signalant le col de
la Givrine. Arthur se concentrait sur ses pieds. La
fatigue tétanisait ses muscles. Un pas. Puis un autre. Et
encore un. Le petit groupe marchait de plus en plus
lentement. Ils avaient présumé de leurs forces, c'était
évident. À la clinique, ils faisaient rarement du sport.
Ils n'avaient aucune condition physique. Arthur releva
la tête. Des flocons tombèrent sur son visage, comme
des cendres délicieusement brûlantes. Il les accueillit
avec bonheur. Malgré le caractère désespéré de leur
situation, il se sentait bien. Peut-être parce que son

esprit au moins était en paix. Seul le bruit de leur marche troublait le silence. L'univers s'était couvert de ouate. Un pas. Puis un autre. Et encore un.

Nicolas marchait derrière Arthur. Il plissait les yeux derrière les verres fumés de ses lunettes. La lumière de la lune était attisée par la neige qui l'éblouissait comme un miroir. Jamais il ne s'était senti si faible, si petit, si… dérisoire. Au début, il s'était amusé à mettre ses pas dans ceux de son ami, de façon à ne laisser qu'une seule trace. Puis le jeu s'était transformé en affaire très sérieuse. Maintenant, il se raccrochait à Arthur et à ses empreintes foncées. Sous l'effet de la fatigue, sa vision se brouillait souvent et l'univers blanc devenait affreusement bleu. Bleu-gris, métallique. Les marques de pas d'Arthur, en tassant la neige, formaient une piste en pointillé bleu foncé. Des dalles sur un jardin glacé. Des cailloux sur un sentier glissant. Nicolas ne quittait pas des yeux les pas de son ami transformé en Petit Poucet.

« Enfin le col ! » se dit Violaine qui marchait en tête. Elle se retourna et observa avec inquiétude ses amis peinant dans la neige. Elle hésita à crier un encouragement puis renonça, préférant raffermir sa main dans celle de Claire et repartir, en serrant les dents. Ils y arriveraient ! Pas le choix. Elle avançait en donnant des coups d'épaule, comme si elle se frayait un chemin au milieu d'une foule.

– C'est de la descente, maintenant ! grogna-t-elle pour les autres. Encore un effort ! On y est presque !

« Chère Violaine, on ne te changera pas… songea Claire en esquissant l'ombre d'un sourire. Le plus dur reste sûrement à faire, mais tu trouves encore la force de nous faire croire le contraire ! »

Elle glissa. La poigne ferme de Violaine la retint. Une pression des doigts l'encouragea à aller de l'avant. Claire marcha bravement. Puis elle glissa encore.

– Qu'est-ce qui se passe, Claire ? s'alarma Violaine.

– Je… C'est ce blanc. Je perds mes repères avec la neige.

– Mais ça allait jusque-là !

– Je suis fatiguée. Je n'y arrive plus.

Elle s'effondra sur la route. Arthur et Nicolas, s'arrachant à leur marche mécanique, se précipitèrent vers elle.

– Claire !

– Elle n'en peut plus. Je vais la porter, annonça Violaine.

– Tu n'y arriveras jamais. Elle est trop lourde !

Sans écouter Arthur, Violaine enleva son sac et celui de Claire, et les tendit aux garçons. Puis elle prit son amie sur le dos. Ses jambes fléchirent mais elle tint bon.

– Laisse-moi, souffla Claire.

– Tais-toi et cramponne-toi, ordonna Violaine d'une voix rendue rauque par l'effort.

Ils reprirent la progression. Au bout de quelques centaines de mètres, Arthur proposa de prendre le relais. Violaine et lui convinrent d'un roulement et ils repartirent, gagnant chaque mètre au prix d'efforts terribles. Des lumières en contrebas leur redonnèrent courage.

Ils franchirent silencieusement le poste-frontière de la Cure. Deux douaniers bavardaient à l'intérieur du bâtiment vitré sans penser une seule seconde à regarder dehors. Par un temps pareil, quel fou se risquerait à pied ?

Lorsqu'ils virent un panneau indiquant Les Rousses à deux kilomètres, Claire exigea d'être déposée à terre. Ils terminèrent leur équipée serrés les uns contre les autres, s'aidant mutuellement à avancer. Ils atteignirent finalement les premières maisons du village peu avant l'aube, complètement exténués.

Les Rousses, c'était surtout une station de sports d'hiver qui vivait à cette époque au rythme des vacanciers. Ils eurent cependant la chance de trouver un café ouvert malgré l'heure matinale et s'effondrèrent autour d'une table en bois, près d'un radiateur sur lequel ils posèrent leurs doigts raidis par le froid. Ils commandèrent des chocolats chauds et des croissants à une femme entre deux âges qui ne s'étonna pas de les voir. En France, les vacances battaient leur plein et drainaient dans les montagnes quantité de touristes plus fêlés les uns que les autres. Elle se contenta de râler après les chaussures pleines de neige qui faisaient des flaques en s'égouttant. Ils burent le meilleur chocolat de toute leur vie, et même les croissants, pourtant vieux de la veille, leur parurent délicieux.

– Ça va mieux, Claire ? demanda Violaine.

– Oui. Je suis désolée de… Merci, en tout cas. Du fond du cœur.

Ses yeux brillaient. Il n'y avait rien de plus à dire.

– C'est quoi maintenant, le programme ? demanda Nicolas en s'essuyant la bouche d'un revers de manche.

– Arrête, tu es dégoûtant, soupira Claire.

– Nous allons descendre à Morez, annonça Arthur, un bourg qui est à huit kilomètres et demi des Rousses. Là-bas, on prendra le train. Il y en a un à 8 h 42.

Ils s'attardèrent un long moment dans le café, profitant de la chaleur et du calme, seulement troublé par quelques habitués venant boire un café au comptoir ou acheter des cigarettes. Questionnée par Arthur, la patronne leur apprit qu'un autocar partait pour Morez à 8 h 15. Cette information les tira de leur torpeur.

Au moment de payer les consommations, ils firent les comptes. Chacun avait cassé sa tirelire en quittant la clinique. Nicolas avait trente euros, Arthur cent, Violaine cinquante et Claire… presque deux mille.

– Waouh ! Dis donc, ma vieille, t'as cambriolé le bureau du directeur ?

– Depuis que je suis à la clinique, mes parents m'envoient cinquante euros tous les mois. Fais le calcul. Ils se sont toujours imaginé qu'il y avait des choses à acheter où j'étais. Ça doit les aider à se sentir mieux.

– En tout cas, réagit Arthur, ça règle la question des billets de train.

– Surtout, ça évitera à Violaine de faire des papouilles au dragon du contrôleur !

Nicolas évita de justesse une tape de Violaine sur la tête.

Les muscles douloureux, ils se dépêchèrent d'aller à la rencontre du car, devant l'office de tourisme. Pour rien au monde, ils n'auraient fait un kilomètre de plus à pied aujourd'hui !

Pierre a disparu. J'aurais pu dire : Pierre est parti, mais je sais que ce n'est pas vrai. Il n'aurait pas quitté son bureau, pas quitté la clinique sans me le dire. Sans m'expliquer. Sans un au revoir ! Je suis inquiète. J'ai essayé d'en parler au directeur, mais cet imbécile refuse de m'écouter. « Attendons, m'a-t-il répondu, le docteur Barthélemy est un grand garçon ! Il va revenir, il va donner des nouvelles… » Celui-là, alors ! Il étoufferait sa mère avec un oreiller pour qu'on ne l'entende pas ronfler ! Pas de bruit, pas de vague. Les choses se feront toutes seules… Mon œil ! C'est décidé, si Pierre n'a pas réapparu demain soir, j'appellerai moi-même la police. Tant pis pour le directeur !

(Extrait du journal intime de Sonia, la secrétaire chargée de l'accueil à la Clinique du Lac, rédigé chez elle le soir même de l'enlèvement du docteur Barthélemy.)

7

Lupus, i, m. : loup

Dans ma promotion, il y avait un Indien. Parce qu'il
était tout le temps dernier au classement, je l'appelais « le
Mohican ». Il ne comprenait pas, personne d'ailleurs ne
comprenait. J'ai l'habitude. Bref, cet Indien me disait :
« J'ai vu ton animal totem dans mes rêves, Clarence.
C'était un loup. Un grand loup noir. » Et moi, je lui répon-
dais : « Si tu m'avais vraiment vu dans tes rêves, Mohican,
ils se seraient transformés en cauchemars ! » On en rigolait
avec Black, le seul de la promotion qui parvenait parfois à
me battre, et qui du coup était presque devenu un ami.
Mais cette idée de loup me plaisait. J'aurais pu être un
loup, endurant et tenace dans la traque, rapide et impitoyable dans l'attaque. Un grand loup solitaire…

— Roule moins vite, commanda l'homme au manteau sombre.

— Mais je ne roule pas vite, boss ! répondit le colosse qui tenait le volant.

— Ralentis, je te dis. Tu soulèves de la poussière qui se dépose sur la carrosserie. Du blanc sur du noir, ça fait tout de suite sale…

Sonia Vandœuvre, comme tous les matins, ouvrit la porte vitrée du bâtiment administratif avec sa propre clé. Elle posa son sac et son manteau sur la chaise de son bureau, derrière le comptoir, puis mit en route la cafetière posée à côté de l'évier. La secrétaire fronça ses sourcils roux qui surplombaient un joli visage parsemé de taches de rousseur. Elle était soucieuse. Le docteur Barthélemy avait disparu la veille, sans prévenir quiconque, sans explication. Cela ne lui ressemblait pas du tout. C'était un homme cordial, attentif, qui n'aurait jamais plongé ses collaborateurs dans l'embarras. Elle avait plusieurs fois éprouvé un trouble agréable en sa compagnie. C'est peut-être pour cette raison qu'elle avait tant insisté – en vain – pour que le directeur prévienne la police.

Une puissante voiture noire aux vitres teintées se gara sur le parking. Sonia jeta un regard par la porte vitrée, en face d'elle. Trois hommes se dirigeaient vers le bâtiment.

— Bonjour mademoiselle, dit le premier en s'approchant du comptoir.

Il était grand, maigre, portait un catogan de cheveux

bruns et arborait une moustache soigneusement taillée. Il avait la voix rauque des grands fumeurs et un léger accent espagnol. Le col de sa chemise, sous le blouson de cuir, était serré par une cravate mexicaine. Il avait des santiags aux pieds. La secrétaire éprouva une répulsion instinctive.

— Fedpol, continua le deuxième homme.

Il exhibait une plaque que Sonia reconnut parfaitement pour avoir fait un stage, des années auparavant, dans les services administratifs de Genève. Elle s'étonna. C'est la police cantonale qui aurait dû se déplacer, pas l'Office fédéral.

— Nous avons des questions à vous poser.

L'homme mesurait au moins deux mètres et était bâti comme une armoire. Ses cheveux blond-roux étaient coupés très court, et son visage, joufflu, avait un côté poupon. Il portait un jean, des baskets, un pull à col roulé et un blouson de ski rouge et bleu. Elle tiqua à cause du fort accent américain du colosse. Les autres s'en aperçurent. Elle s'empressa de dire, pour chasser sa gêne :

— Vous êtes venus pour le docteur Barthélemy ? Je suis inquiète, vous savez. Il n'est pas du genre à disparaître sans prévenir ! C'est moi qui ai insisté pour que le directeur…

— Vous avez bien fait, coupa le troisième homme. Je suis l'officier Clarence Amalric. Mes adjoints sont Agustin Najal et Matt Grimelson. Matt est un agent de la CIA, il est chez nous comme observateur.

Sonia Vandœuvre considéra l'officier avec étonnement. De taille moyenne, il pouvait avoir quarante ans, mais ses cheveux grisonnants et la dureté de ses traits lui en faisaient paraître davantage. Sa voix était grave, calme, avec dans le timbre quelque chose d'inquiétant. Comme une ironie permanente. Elle essaya de soutenir le regard bleu acier qui la dévisageait, mais elle renonça vite devant son intensité. Elle avait remarqué qu'il boitait. L'un de ses bras également était raide. Il gardait les mains dans les poches de son manteau de chasse aux plis impeccables. La secrétaire dut pourtant reconnaître que, des trois, c'était celui qui ressemblait le plus à un policier.

— Nous donnons un coup de main à nos collègues du canton, reprit l'officier, comme s'il avait perçu les doutes de la secrétaire. Ils sont débordés en ce moment. Pourrions-nous voir le bureau du docteur Barthélemy ?

— Bien sûr ! Suivez-moi.

Elle les précéda dans le couloir et ouvrit la porte du bureau. Elle s'effaça pour les laisser entrer.

— Si vous avez besoin de moi, je suis à l'accueil.

— Merci beaucoup, mademoiselle, la remercia Clarence Amalric en refermant derrière elle.

Agustin alluma une cigarette et attendit.

— Matt… dit simplement Clarence.

Le colosse, resté sur le seuil, se baissa et tâta les lattes du plancher à la recherche d'une prise. Il ne tarda pas à la trouver et dégagea bientôt la cache aménagée par le Doc. Il lâcha un juron.

— Barthélemy s'est moqué de nous !

Clarence considéra calmement la niche vide.

— Non, je ne crois pas. Les produits que nous lui avons

administrés sont efficaces. Il nous a dit la vérité, il ne pouvait pas faire autrement.

— Alors, chef ? demanda Agustin. Quelqu'un est passé avant nous ?

— Exactement. Je crains qu'il nous faille déranger le directeur de cette clinique décidément pleine de surprises.

Sonia Vandœuvre tapa contre le bois d'une porte vernie. Elle attendit qu'une voix agacée lui dise : « Entrez » pour la pousser.

— Monsieur le directeur ? La police est là et voudrait vous parler.

Le directeur était assis derrière un immense bureau de style Art nouveau. De petite taille, presque chauve, il aimait la barrière psychologique que le meuble imposant constituait pour les visiteurs. Occupé à écrire une lettre aux membres du conseil d'administration de la clinique, il foudroya la secrétaire du regard. Mais celle-ci s'était déjà éclipsée, et les trois hommes qui la suivaient pénétrèrent dans la pièce.

— Je suis l'officier Clarence Amalric, dit le premier d'entre eux qui ne parut pas le moins du monde impressionné par le bureau. Je suis chargé par Genève de l'enquête sur la disparition de Pierre Barthélemy.

Le directeur fronça les sourcils. Comment la police était-elle déjà au courant ? Ce devait être Mlle Vandœuvre… La peste soit de cette sotte ! Un homme pouvait très bien s'absenter un ou deux jours, même sans prévenir, sans qu'il s'agisse forcément d'une disparition ! Il soupira.

74

– À mon avis, il est un peu tôt pour parler de disparition mais…

Un éclair dans le regard du policier l'incita à se montrer coopératif.

– … Mais vous êtes là. Alors je vous écoute !

– Merci. Le docteur a-t-il des amis dans la clinique, ou bien à l'extérieur ?

– Pas à ma connaissance. M. Barthélemy est estimé par ses collègues, mais peu aimé, je ne crains pas de le dire. Quant à des relations hors de la clinique… j'en doute. Il est arrivé chez nous il y a quelques mois seulement, il n'a pas eu le temps de nouer des amitiés. Et puis c'est un homme solitaire, obnubilé par son travail et ses patients.

– Je vois. Votre clinique s'occupe exclusivement de jeunes malades ?

Le directeur reprit de l'assurance. Il débita les phrases convenues dont il gratifiait les parents, parents qui étaient prêts à tout entendre pourvu qu'ils puissent repartir sans leurs enfants :

– Nous traitons de jeunes pensionnaires dont les troubles n'ont pu être soignés ailleurs. Ils bénéficient d'un suivi éducatif et médical, dans une atmosphère familiale. Nous sommes un peu le pensionnat de la dernière chance !

Clarence Amalric hocha la tête avec un demi-sourire qui glaça le directeur. Celui-ci s'épongea machinalement le front.

– Serait-il possible de voir les patients dont s'occupait plus particulièrement le docteur Barthélemy ?

Le directeur eut l'air gêné.

– En réalité, les surveillants m'ont signalé ce matin la disparition de quatre pensionnaires, les plus jeunes, ceux-là mêmes que le docteur Barthélemy soignait en priorité. Mais il s'agit certainement d'une mauvaise farce. Ils se cachent sans doute quelque part, attendant l'heure du repas pour réapparaître. Une équipe fouille en ce moment le parc. J'attends leur rapport. Je ne veux pas déranger la police pour rien, vous comprenez !

– Vos scrupules vous honorent, répondit Clarence avec un ton de voix démentant ses propos. Mais la police est déjà dérangée, alors autant en profiter. Seriez-vous assez aimable de fournir à mes adjoints les dossiers des fugueurs, et de me montrer leurs chambres ?

– Cela ne pose aucun problème. Mais je suis sûr que nous les retrouverons cachés dans un coin du parc avant que vous repartiez !

– J'en suis certain également. Qui aurait envie de quitter l'atmosphère familiale de votre clinique ?

Le directeur fut à nouveau saisi par l'intonation détachée et empreinte d'ironie de l'officier. Il frissonna et se dépêcha d'obéir aux souhaits des policiers.

Lorsque la voiture noire banalisée quitta le parking, le directeur, qui avait raccompagné les visiteurs, sentit un poids s'envoler de ses épaules. Sa première réaction fut d'aller gronder Sonia Vandœuvre pour avoir agi sans son autorisation. Mais en fin de compte, il était plutôt content d'avoir pu régler rapidement et d'un seul coup les formalités concernant ces invraisemblables disparitions. Il ne restait plus qu'à contacter les parents des fugueurs, et à leur promettre de les tenir informés des progrès de l'enquête. Dès que les surveillants auraient fini leurs recherches dans le parc...

Il tripota la carte que le policier lui avait donnée, avec ses coordonnées. Rarement il s'était senti aussi petit devant un autre homme. Pour cela, il le détestait. Mais au moins, cet officier avait l'air efficace. Il ne tarderait pas à boucler l'enquête.

— Alors, boss ? demanda l'Américain qui conduisait.

— Une des chambres avait les murs couverts de dessins, toujours les mêmes, des singes. Les trois petits singes. Une autre était sombre, avec des rideaux épais et des ampoules de faible intensité. Une autre encore était nue, sans mobilier, avec un simple matelas sur le sol. Seule la dernière était à peu près normale.

— Cette clinique, c'est un asile de cinglés, bougonna Agustin. J'ai parcouru les dossiers des gamins. Ils ont tous un grain, c'est sûr.

— Ils sont partis hier soir ou cette nuit, continua Clarence songeur. Les lits étaient défaits, comme s'ils avaient voulu faire croire qu'ils y avaient dormi. Mais les draps n'étaient pas marqués par les plis que font les dormeurs.

— Pourquoi est-ce que Barthélemy leur aurait donné les documents ?

— Je ne sais pas, Agustin, je ne sais pas.

— On va où maintenant, boss ?

— On retourne poser quelques questions à ce bon

docteur. Ensuite, on boit tous les trois un café très, très serré, parce que la journée risque d'être très, très longue. Enfin, on me laisse réfléchir.

Un mince sourire naquit sur les lèvres de Clarence. Une forme d'excitation l'envahit. L'opération Ézéchiel, comme s'était amusé à l'appeler le Grand Stratégaire, qui s'annonçait facile et ennuyeuse, commençait enfin à prendre un tour intéressant !

La NSA (National Security Agency). Si tout le monde en a déjà entendu parler, peu de gens savent de quoi il s'agit vraiment. Qui se cache derrière ces trois lettres ?

Ce n'est pas une organisation secrète. C'est un organisme américain officiel, qui possède même un site internet. Son siège se situe à Fort Meade, près de Washington. On dit qu'elle emploie entre 20 000 et 100 000 personnes dans le monde et qu'elle dispose d'un budget annuel de 9 milliards d'euros. Au siège de Fort Meade il y a des cinémas, des restaurants, des salles de sport, et il est fortement conseillé de se marier avec un employé de la maison.

C'est une directive secrète du président Harry Truman, en 1952, qui est à l'origine de la NSA. Son but est le contre-espionnage, la protection des communications gouvernementales et militaires, mais aussi l'espionnage. Aujourd'hui, la NSA se consacre également à la recherche et au développement. Ses services s'intéressent à toutes les technologies de l'information militaire et civile : cryptologie, interception des signaux électromagnétiques, sécurité des réseaux informatiques et satellites d'observation. Elle héberge même une énigmatique division « Combat, nucléaire et espace » !

Aujourd'hui, de nombreuses personnes se mobilisent contre l'opacité de cette organisation, jusqu'aux sénateurs américains qui se posent même la question de sa constitutionnalité. Mais la vraie question n'est pas : faut-il arrêter la NSA ? C'est surtout : qui en serait capable ?

(Extrait du livre *Le Monde sous surveillance*, par Phil Riverton.)

8
Tumulus, i, m. : butte, hauteur

Je me rappelle la première fois que mes parents m'ont emmené chez l'ophtalmologiste. J'avais cinq ans. Je me plaignais de douleurs aux yeux, des taches de couleur qui troublaient ma vision. L'homme était en blouse blanche. Je crois que c'est depuis ce jour que les gens en blouse blanche me font peur. Il m'a demandé de m'asseoir sur un tabouret. Il a fait tomber des gouttes dans mes yeux, qui m'ont brûlé comme de l'acide. J'ai refoulé un hurlement de douleur. Quand il a braqué le faisceau de sa lampe dans mon œil, ma tête a explosé à l'intérieur. J'ai hoqueté et je suis tombé du siège, évanoui. On m'a conduit à l'hôpital, aux urgences. J'y suis resté trois jours. Quand j'ai eu l'autorisation de sortir, les médecins avaient diagnostiqué une hypersensibilité à la lumière, et conseillé à mes parents de me faire porter des lunettes teintées. Quels pauvres nuls…

– Tu peux jeter ton ticket maintenant, Nicolas. Les contrôleurs ne poursuivent pas les gens dans la rue.

– Tu crois que je suis idiot ? Je le sais bien ! Mais c'est la première fois que je prends le métro, je garde mon ticket en souvenir.

Claire haussa les épaules et tourna son attention vers la volée de marches qui grimpaient à l'assaut du quartier de la Butte aux Cailles. Violaine marchait devant, comme la veille sur la route enneigée des Rousses. Comme toujours. Avec quelle facilité leur amie les avait entraînés dans cette aventure ! Dans cette folie ? Peut-être. Mais une folie en valait bien une autre. Elle lui faisait confiance. Violaine avait largement prouvé, hier, qu'elle le méritait. Il restait à espérer qu'elle savait ce qu'elle faisait.

Elle agrippa la main de Nicolas et ils se lancèrent à l'assaut de la butte.

Le ciel de Paris était couvert et ici aussi il faisait froid. Arthur traînait à l'arrière, plus pâle encore que d'habitude, et il titubait légèrement.

Violaine s'en aperçut et redescendit aussitôt à sa hauteur. Elle lui saisit le bras.

– Ça va, Arthur ?

Le garçon ne répondit pas. Il respirait bruyamment. Dans sa tête se pressait une foule de gens inconnus, générant un insupportable brouhaha. Une invraisemblable quantité de détails, venus trop vite et trop nombreux pour qu'il ait le temps de les refouler dans les débarras de sa mémoire.

– Arthur ?

– Ça ira, grogna-t-il en se prenant la tête entre les mains. C'est juste qu'il y a eu trop de bruit dans cet horrible métro. Et trop de gens.

– On va arriver. Tu pourras te reposer, là-bas.

Entraînant Arthur, elle reprit la tête du groupe. Pourvu qu'Antoine n'ait pas déménagé ! Pourvu qu'il ne la rejette pas…

Ils longèrent un square puis retrouvèrent la rue. Un restaurant faisait l'angle. Des odeurs de cuisine rappelèrent brutalement à leurs estomacs affamés qu'ils n'avaient rien mangé depuis le croissant des Rousses.

– Je dévorerais un lion, moi, bougonna Nicolas.

Ils s'engagèrent dans une ruelle puis dans une rue.

– Voilà, on y est, annonça Violaine en désignant un immeuble moderne.

– Tu es sûre qu'il habite encore ici ? s'inquiéta Claire.

– Je ne sais pas, on va voir ça tout de suite.

Une femme sortit de l'immeuble avec un cabas. Ils en profitèrent pour se glisser dans le hall d'entrée. Violaine chercha fébrilement un nom sur l'interphone.

– Il est toujours là, déclara-t-elle, soulagée.

Elle appuya sur le bouton. Personne ne répondit.

– Il est 14 heures, dit Arthur d'une voix fatiguée en se massant les tempes. Il est sans doute sorti.

– Quand il vivait avec ma sœur, c'est l'heure à laquelle il se levait. Il travaille très tard le soir.

Elle insista sur l'interphone.

– Je suis désolée, dit Claire en secouant la tête, mais je ne comprends toujours pas pourquoi l'ancien petit copain de ta sœur accepterait de nous accueillir.

– D'abord, on s'est toujours bien entendus tous les deux. Ma sœur a été stupide de le quitter, elle n'est pas près de retrouver un type aussi bien. Ensuite, on ne viendra pas nous chercher là. Enfin, je vous rappelle que personne n'avait de meilleure idée !

Violaine appuya encore plusieurs fois sur le bouton. Finalement, une voix ensommeillée se fit entendre dans le haut-parleur.

– Qui est là ?

– C'est Violaine ! Allez, debout, fainéant, viens ouvrir à ton ex-petite sœur !

Il y eut un silence étonné. Le cœur de la jeune fille se mit à battre la chamade.

– Violaine ? Attends, j'ouvre ! C'est au troisième.

– Je sais.

Un déclic libéra la porte vitrée du hall. Un sourire s'épanouit sur les lèvres de Violaine. Antoine ne l'avait pas oubliée, il avait même l'air heureux de l'entendre !

– Tu vas lui faire le coup du dragon ? demanda Nicolas.

– Pas la peine. Antoine, il n'y a jamais rien qui l'étonne.

Ils gravirent les escaliers sans parler, Violaine soutenant encore Arthur par le bras.

Un homme d'une trentaine d'années les attendait sur le palier du troisième étage. Il avait enfilé un jean et un pull à col roulé. Grand, sportif, les cheveux bruns en désordre et les yeux noirs chiffonnés, il avait les traits de quelqu'un qui vient de se réveiller. Violaine lâcha Arthur et se planta devant lui.

– Bonjour, Antoine. Ça me fait drôlement plaisir de te voir !

Elle fit claquer deux bises sur ses joues.

– Moi aussi, Violaine, mais… C'est une sacrée surprise ! Tu as changé, dis donc. Évidemment. Ça fait combien de temps ?

– La dernière fois qu'on s'est vus, c'était pour mes dix ans, tu étais venu à mon anniversaire. On serait mieux à l'intérieur pour parler, non ?

– Bien sûr ! Tu te déplaces en meute, maintenant ? Allez, entrez !

– C'est Arthur, Claire et Nicolas. On est dans la même… école.

– Ce sont déjà les vacances scolaires ? Je plane, tu sais ! reconnut Antoine en souriant et en refermant la porte derrière eux. Mais tu aurais dû me prévenir, je me serais organisé.

– On a décidé de notre escapade au dernier moment, expliqua Violaine, gênée. Si ça t'ennuie, pas de problème : on avait prévu d'aller chez le grand-père de Nicolas. Pas vrai, Nicolas ?

– Heu, bien sûr, mon grand-père ! Mais…

– Mais il est très vieux et pas toujours drôle, alors je me suis dit qu'on allait d'abord essayer chez toi.

– Parce que je suis très drôle et pas toujours vieux, c'est ça ? Allez, les montagnards, quittez vos sacs à dos, défaites vos blousons, enlevez vos chaussures et profitez du confort de mon refuge, dit-il en désignant de gros coussins disposés autour d'une table basse posée sur un tapis. Mon salon sert aussi de chambre d'amis. Vous serez un peu serrés mais c'est le lot de tous les Parisiens !

– Ne t'inquiète pas, ce sera parfait.

Violaine se mordit les lèvres. C'était la première fois qu'elle mentait à Antoine. Elle détestait ça.

– Vous êtes à Paris pour combien de temps ?

– Quelques jours, éluda-t-elle.

– C'est dommage, j'ai beaucoup de travail en ce moment. Vous devrez jouer aux touristes tout seuls.

– Qu'est-ce que vous faites comme travail ? demanda Nicolas.

Antoine se tourna vers le garçon et constata qu'il avait gardé ses lunettes de soleil à l'intérieur. Mais il ne fit aucune remarque.

– Je suis architecte. J'ai un bureau, à deux pas d'ici.

– Merci beaucoup pour votre accueil, dit Claire. C'est très gentil. On débarque un peu à l'improviste.

– Bah, c'est ça être jeune. Après, on est prisonniers de tout un tas de conventions. Profitez-en !

Il fit quelques pas en direction de la cuisine.

– Je vais faire du café. Quelqu'un en veut ?

– Vous n'auriez pas plutôt à manger ?

– C'est vrai, je vis complètement décalé ! Je vais préparer des pâtes : ça fera l'affaire ? J'irai faire de vraies courses plus tard.

Le plat qu'Antoine déposa fumant sur la table du salon fut englouti à grands coups de fourchette. Nicolas racla même la sauce tomate avec un morceau de pain sec.

– Ça va mieux ?

Ils acquiescèrent bruyamment. Pendant qu'ils mangeaient, Antoine s'était douché et changé. Il était prêt à sortir.

– Je vous ai laissé une clé de l'appartement sur la porte. Je rentrerai tôt, ce soir, avec de quoi remplir le frigo. Bon après-midi !

– À toi aussi, Antoine, merci ! répondit Violaine.

Lorsque la porte claqua, ils se dévisagèrent en silence.

– Ouais, pas mal ton plan, dit Nicolas qui s'était tassé sur un coussin.

– Il est génial, ce gars ! s'exclama Claire. Violaine, ta sœur est une idiote.

– Ça, je sais.

– Alors, on va se balader ?

– Il y a mieux à faire, répondit Violaine à Nicolas. Il nous faut un plan d'action. Et puis, Arthur a besoin de repos.

Arthur hocha la tête. Il aurait pu décrire chaque fauteuil des wagons dans lesquels ils avaient voyagé, chaque passager que son regard avait accroché. Et tout cela tourbillonnait dans sa tête, dans sa pauvre tête. À la clinique au moins, certaines choses ne changeaient jamais. Aujourd'hui, cela avait été un festival de nouveautés ! Horrible. Il se mit à trembler.

– Tu veux te mettre sous la douche ? proposa Nicolas, inquiet.

Arthur secoua la tête.

– Je préférerais dessiner…

– Je peux trouver des feuilles blanches quelque part ? demanda Nicolas à Violaine.

— Essaie dans le meuble, juste à côté de toi.

Nicolas sortit d'un tiroir un bloc-notes vierge et un stylo noir. Il les tendit à son ami. Arthur, d'une main maladroite, commença à dessiner des singes.

— On devrait se reposer nous aussi, proposa Claire. On ne décidera rien de bon dans cet état.

Arthur tira lui-même ses amis de la sieste dans laquelle ils avaient sombré. Travailleurs lents mais efficaces, les trois singes avaient libéré son esprit des souvenirs les plus vivaces, les balayant comme des saletés sous l'un des nombreux tapis de sa mémoire.

— Ça s'est calmé, les rassura-t-il. Je n'ai plus mal.

Ils s'ébrouèrent. Violaine alla chercher dans la cuisine du jus d'orange, qui les aida à sortir de leur torpeur.

— Alors ? dit Arthur en reposant son verre.

— Ça s'annonce plutôt bien, commença Violaine en se frottant vigoureusement les yeux. Nous sommes à l'abri pour quelques jours. Antoine nous croit en vacances, il nous laissera tranquilles.

— D'accord. Et ensuite ?

— Ensuite, on verra. Ce qui est important, c'est maintenant. Il faut penser au Doc.

Arthur fronça les sourcils.

— Tu as réfléchi à quelque chose ? De mon côté, je n'ai pas eu le temps.

— J'ai pensé à deux ou trois trucs, dans le train. Une annonce dans plusieurs journaux, pour proposer un échange…

— Le Doc contre les docs ! s'amusa Nicolas.

– Très drôle, dit Claire avant de s'adresser à Violaine : qui te dit que les ravisseurs la verront ?

– À mon avis, ils vont guetter les moindres indices, ces jours-ci.

– Je suis d'accord avec Violaine, confirma Arthur. L'idée de l'annonce publiée pendant plusieurs jours et dans plusieurs journaux pour proposer un échange et fixer un rendez-vous est bonne. Mais il faut réfléchir sérieusement à notre façon d'opérer. Ces gars-là ne sont pas des rigolos.

– Vous oubliez quelque chose, intervint Nicolas.

Ils se tournèrent tous les trois vers lui.

– Quoi ?

– Les documents. Est-ce qu'on est sûrs d'avoir vraiment ce qu'ils cherchent ?

Cette évidence les frappa de plein fouet. Avaient-ils pris bêtement tous ces risques, manqué mourir d'épuisement et de froid pour rien ? Ce livre n'avait peut-être aucun lien avec l'enlèvement du Doc !

– Non, affirma Violaine en secouant la tête. Je suis sûre qu'ils en ont après le livre.

– On devrait jeter un coup d'œil, histoire d'être sûrs, proposa Nicolas, buté.

Violaine saisit son sac et en tira le volume. Elle l'ouvrit et le tendit au garçon qui le feuilleta. Nicolas le passa à Claire, puis à Arthur.

– C'est bien un passage de la Bible, dit Claire.

– De l'Ancien Testament, précisa à nouveau Arthur.

– Ça ne nous avance pas à grand-chose !

– Attendez une minute… Il y a quelque chose qui ne colle pas !

Arthur faisait défiler les pages à toute allure devant ses yeux.

– Là !

Il tint le livre ouvert aux trois quarts. Dissimulés au milieu du récit biblique, des feuillets manuscrits avaient été habilement intégrés dans la reliure. Ils étaient de même taille et de même texture que les autres pages. De sorte que si l'on ne prenait pas la peine de lire l'ensemble, à moins d'un coup de chance, on passait à côté.

– C'est l'écriture du Doc, dit Arthur.

– Je crois qu'on tient ce qu'ils cherchent, annonça Violaine d'un ton grave. Ce n'est pas la bible qu'ils veulent, c'est ce que le Doc a caché dedans…

Cher Antoine,

J'espère que tu vas bien. Moi je vais bien. J'ai été très contente de te voir, à mon anniversaire. Dix ans, ça compte ! J'ai adoré ton cadeau. Hier, je suis allée avec maman cueillir des cerises chez madame Louise. Elle a baissé une branche avec un crochet. J'ai pu en attraper des tas ! Seulement je me suis tachée et on a dû mettre ma robe à laver en rentrant. Sinon demain je vais à l'école et je suis triste. Je n'aime pas l'école. Les autres sont méchants avec moi. Je suis pressée d'être grande pour ne plus aller à l'école. Sinon j'espère que ma sœur est gentille avec toi. Parce qu'avec moi elle est pas gentille. Adèle, elle se fâche contre moi, elle dit que j'ai les cheveux comme un pétard, alors elle veut me coiffer et moi je veux pas. C'est pas ma faute. C'est juste que j'aime pas qu'on me touche. Bon, je dois aller manger, maman m'appelle. Je te fais de gros bisous. J'espère que tu reviendras à la maison cet été. Tu me construiras encore une cabane ? Bon, il faut vraiment que j'y aille.

Bisous !

Ta petite sœur, Violaine.

(Lettre de Violaine à Antoine écrite quelques jours après son dixième anniversaire.)

9

Captare : donner la chasse

Lorsqu'on m'a demandé ce que je voulais faire, tout le monde s'attendait à ce que je demande l'École de guerre, ou Simulations et Théories. J'étais le premier de ma promotion, avec des notes que personne n'avait vues depuis trente ans. Je pouvais tout demander et tout obtenir. J'ai observé les hommes en uniforme qui me faisaient face de l'autre côté de la table, cliquetant sous les médailles, les épaules alourdies par le poids des grades qui mangeaient leur manche. En choisissant l'une ou l'autre voie, j'étais colonel à trente ans et général à quarante. À cinquante ans, je pouvais me trouver à leur place, de l'autre côté, la moue désabusée et le regard mort. J'ai esquissé un sourire, un sourire de loup, et j'ai demandé les Unités spéciales. Celles qui vont sur le terrain, qui bouffent de la sueur et de la poussière, qui savent quel goût a le sang. Celles où l'on n'a guère de chance de dépasser le grade de colonel en fin de carrière, si l'on s'en tire. Il y a eu des murmures étonnés, un flottement de malaise dans le bureau. On a essayé de me convaincre de renoncer à ma folie, mais j'ai tenu bon. J'ai toujours tenu bon. Endurant et tenace, comme un loup…

Clarence Amalric avait déplié une carte d'état-major sur le bureau de la suite qu'ils occupaient, dans un hôtel cossu de Genève. Penché dessus, il réfléchissait. Matt Grimelson était vautré dans un fauteuil et nettoyait pièce par pièce son pistolet de marque américaine. Agustin Najal, lui, fumait devant une fenêtre entrouverte.

– Tu ferais quoi, Agustin, si tu étais un gosse et que tu cherchais à fuir la Clinique du Lac ?

– J'irais prendre le train, je crois.

– Exact. Le train. Et où irais-tu le prendre ?

– Au plus proche, chef. À Genève ?

Clarence arrêta d'un geste son comparse qui s'apprêtait à téléphoner.

– Non, Agustin. Parce que si tu fuis, c'est que tu as peur. Peur de qui ?

– De nous, boss, gloussa Matt depuis son fauteuil.

– Oui, Matt, de nous. Donc, tu te méfierais. Tu éviterais la gare où nous nous rendrions tout de suite. Je pense qu'il est inutile d'interroger les services de sécurité de la gare de Genève, nous ne trouverions rien.

Agustin reposa le combiné.

– Par contre, reprit Clarence en promenant son doigt sur la carte, moi, j'aurais essayé de prendre un train à cet endroit.

Il pointa le bourg de Morez. Matt et Agustin s'approchèrent.

– En France ?

– Oui, en France. Pour brouiller les pistes.

– Ou alors, risqua Matt, parce qu'ils se rendent tout simplement en France !

Clarence dévisagea le colosse.

– Il t'arrive donc de réfléchir !

Matt haussa les épaules et retourna s'asseoir.

– Alors, chef, on fonce à Morez ?

– Pas tout de suite. Nous n'avons pas répondu à la deuxième question : quand on fuit, on va quelque part. Où sont partis ces gamins ? Agustin, tu prends leurs dossiers, le téléphone, et tu harcèles les parents, les amis, les chats et les chiens ! Je veux des résultats dans une demi-heure. Le temps de faire nos bagages.

Une demi-heure plus tard, Agustin surgit de la pièce où il s'était isolé pour téléphoner.

Il avait l'air renfrogné.

– Négatif, chef. Personne ne semble même au courant de la disparition des gamins !

Un sourire éclaira le visage de Clarence. Ces gosses, en quittant la clinique comme des voleurs, avaient paniqué. Mais ils n'étaient pas idiots. Ils ne prenaient pas de risques. La traque s'annonçait belle.

– Quatre jeunes renards fuyant à couvert…

– Vous dites, chef ?

- Rien. Apporte-moi les dossiers.

Clarence reconnut immédiatement les fuyards en découvrant les photos d'identité épinglées sur la première feuille. C'étaient les quatre gosses qu'il avait vus sur le parking de la clinique. Un garçon de petite taille, cheveux blond pâle, avec des lunettes de soleil. Une fille mince et fragile, blonde aussi. Un autre garçon, grand et brun. Une autre fille encore, aux cheveux longs, robuste. Forte.

– Nicolas, Claire, Arthur, Violaine… Où vous cachez-vous ? Clarence va venir vous chercher ! murmura-t-il en parcourant attentivement les pages de chaque dossier.

La voiture noire attaqua d'un pneu rageur l'asphalte encore blanc par endroits de la route menant à Saint-Cergue. Le ciel était couvert mais il avait définitivement cessé de neiger. Les engins de déblaiement étaient passés dans la matinée, dégageant la chaussée.

– Vous croyez qu'ils ont fait du stop jusque-là, boss ?

– Ce n'est pas impossible. La neige est tombée dans la nuit, la route était sûrement encore praticable lorsqu'ils sont partis. Avec de la chance, ils auront trouvé un automobiliste compatissant.

La voiture qu'Agustin pilotait avec assurance traversa Saint-Cergue et prit la direction de La Givrine. La neige, poussée sur le bas-côté par la lame de la déneigeuse, était plus compacte.

– À mon avis, ils ont marché à partir d'ici.

– Comment vous savez ça, boss ? s'étonna Matt.

– Le vent a déjà commencé à reformer des congères sur la route. Hier, elles étaient sûrement trop importantes pour qu'une voiture puisse s'aventurer au col.

Soudain, l'attention de Clarence fut attirée par un chalet aux volets clos flanqué d'un bâtiment en planches, sur le côté de la route. C'était le premier abri utilisable par des fuyards qu'il voyait depuis Saint-Cergue.

– Arrête-toi.

Il descendit du véhicule. L'air était vif. Il enfouit ses mains dans les poches de son manteau. Les gamins avaient dû en baver, cette nuit. Quand même, ce n'était pas courant à cet âge, cette rage, cette volonté ! Suivi par Matt, il dévala le talus neigeux et marcha jusqu'à l'abri. Il avait de la neige jusqu'aux mollets mais il s'en moquait. Aidé par le colosse, il déblaya l'entrée et ouvrit la porte. Son œil exercé distingua bientôt à l'intérieur des empreintes de pieds et de sacs, sur le sol, à côté de quelques bûches sur lesquelles on s'était assis.

– Ils se sont arrêtés là pour se reposer, exulta-t-il. On est sur la bonne piste !

L'employé au guichet de Morez se rappela sans mal les enfants qui lui avaient acheté des billets pour Paris, sur le train de 8 h 42.

Agustin n'eut même pas besoin de sortir la carte de policier français qu'il possédait, rangée à côté de nombreuses autres identités. L'homme était bavard et s'ennuyait. La gare était déserte.

– Quatre jeunes, oui. Ils sont descendus du bus qui venait des Rousses. Ils avaient l'air crevés ! Ils ont payé en liquide. C'est une fille qui parlait pour le groupe.

Clarence rangea l'information dans un coin de sa mémoire. Il s'agissait sûrement de la fille aux cheveux châtains, Violaine. La meneuse. Il avait remarqué qu'elle s'était légèrement portée en avant lorsqu'il les avait observés, hier. Comme pour protéger les autres. À la façon d'un chef de meute.

Agustin remercia le guichetier et ils regagnèrent la

voiture. Matt avait pris le volant. Agustin et lui se tournèrent, interrogatifs, vers leur patron.

— S'ils sont à Paris, et s'ils décident de se cacher dans un endroit neutre, on ne les retrouvera pas, dit Clarence. Beaucoup trop grand.

— Les caméras de la gare ? Du métro ?

— Ce serait une solution. On pourrait remonter leur piste de caméra en caméra. Mais une fois sortis du métro, on les perdrait à nouveau. Non, nous gaspillerions beaucoup de temps. Par contre… Ils vont se croire en sécurité, ils vont se relâcher. Je préfère miser sur une erreur de leur part ! En route, Matt.

Clarence jeta un coup d'œil rapide sur la carte routière.

— Tu traverseras Lons-le-Saulnier. J'ai besoin d'un réseau, je ne veux pas prendre le risque d'une liaison satellite. Ma nouvelle ligne n'est pas encore sécurisée.

Matt roulait lentement dans les rues de la ville. Clarence gardait les yeux rivés sur le témoin de connexion de son ordinateur.

— Bon sang, ce n'est pas possible ! Ils ne connaissent pas le haut débit, en France ? Ah, ça y est, j'ai un contact.

La voiture se rangea le long du trottoir.

Ce fut un jeu d'enfant pour Clarence de pirater la borne de l'internaute qui habitait l'immeuble. Il se connecta à distance et, après avoir enclenché le brouilleur, envoya un message crypté. Puis ils se cala confortablement dans le siège en cuir.

— Bien. Maintenant, on roule vers Paris, on trouve

un autre réseau et on attend des nouvelles. Fais attention aux radars, Matt. Ça m'embêterait de devoir montrer nos fausses cartes de police à de vrais policiers ! De toute façon, on n'est pas pressés.

De Minos à Hydargos.
Ézéchiel réclame quelques échelons pour grimper au ciel. Zonage et criblage suivent. Merci de faire vite.

Le visage taillé à coups de serpe du colonel Black s'illumina en découvrant le nouveau message sur son écran. Clarence lui demandait de mettre Paris et sa banlieue sous couverture et de réagir aux mots-clés dont il donnait la liste…

– La fripouille ! rugit-il. Toujours à faire le malin avec son intuition, mais quand ça bloque, on appelle qui ? Monsieur Grandes-Oreilles !

Son éclat attira quelques regards surpris, qui se détournèrent aussitôt. Le patron de la division « Combat, nucléaire et espace » était unanimement redouté au sein de l'Agence, dans l'enceinte de Fort Meade jusqu'aux bureaux du Pentagone.

Black déplia son grand corps osseux. C'était un géant, longiligne mais musculeux, tout en nerfs. Son regard, vert, semblait porter un dédain constant.

– Bones !

– Oui, colonel !

L'officier de liaison lui arrivait à l'épaule.

– Du grain à moudre pour nos ordinateurs, dit-il en tendant la liste envoyée par Clarence. Niveau de priorité et de confidentialité « Umbra ». Les résultats sont à me communiquer immédiatement et personnellement. C'est bien compris, Bones ?

– Oui, colonel !

– Brave petit, conclut Black en regardant l'officier s'éloigner à toutes jambes.

Mis en place dans les années 1970, le système Échelon est un formidable réseau de surveillance planétaire qui s'appuie sur les cinq pays anglo-saxons membres du pacte Ukusa. Les États-Unis, par l'intermédiaire de la NSA et de ce réseau Échelon, ont la capacité d'espionner la planète entière.

Ainsi, chaque jour, qu'elles soient radioélectriques, électroniques ou câblées, toutes les communications sont écoutées, et des millions de télécopies, télex, mails et appels téléphoniques sont interceptés. Chaque jour, ce sont **4,5** milliards de communications qu'intercepte Échelon, soit presque la moitié des 10 milliards qui s'échangent quotidiennement dans le monde ! Cette énorme masse d'informations est ensuite triée par de puissants ordinateurs, en fonction de mots-clés sélectionnés selon les préoccupations du moment. Échelon est capable d'analyser 2 millions de conversations par minute.

Il ne s'agit pas d'écoutes classiques, soumises à la loi et dirigées vers quelqu'un de particulier : avec Échelon, tout le monde peut être surveillé ! Il suffit que sa conversation soit jugée intéressante par les logiciels de Fort Meade.

Où s'arrête la nécessité du renseignement, antiterroriste par exemple, et où commence la violation des vies privées ou de l'espionnage industriel ? On sait que de nombreuses entreprises européennes ont déjà raté d'importants marchés internationaux à cause des informations divulguées par Échelon à leurs concurrents américains.

Étonnamment, l'Europe, qui devrait considérer Échelon comme une menace extrêmement grave, ne réagit pas. Pourquoi ? D'abord, pour ne pas contrarier les Américains. Ensuite, l'implication des Anglais dans Échelon (la station de Menwith Hill est l'une des plus grosses du réseau) paralyse les instances européennes. Sous la pression du Royaume-Uni en effet, le projet d'une commission d'enquête est régulièrement repoussé. Enfin, qui sait quels embarrassants secrets les grandes oreilles américaines ont pu surprendre pour obliger les dirigeants européens à se tenir tranquilles ?

(Extrait du livre *Le Monde sous surveillance*, par Phil Riverton.)

10
Introrsus : à l'intérieur

Je vais dire un secret à Achille. Et à Anatole. Comme ça
je suis sûr qu'ils ne le répéteront pas ! Je ne suis jamais allé
à l'école. Enfin si, seulement une journée et j'étais tout
petit. La maîtresse parlait tout le temps, il y avait de la
musique en bruit de fond. Et mes camarades de classe
riaient, criaient, ne restaient pas en place. J'ai senti comme
une rivière m'envahir, une rivière de bruits et d'images qui
emportait mon esprit loin de moi. Je me suis bouché les
oreilles de toutes mes forces, j'ai fermé les yeux à souder
mes paupières. Mais ça n'a pas suffi. J'ai préféré m'évanouir. Après, Maman s'est occupée de moi à la maison.
Puis c'est un précepteur qui est venu. Mais là où j'ai le plus
appris, c'est à la bibliothèque où je me rendais l'après-midi.
J'aime les bibliothèques, on n'a pas le droit de faire de bruit
et il n'y a jamais beaucoup de monde. J'ai lu des rayonnages entiers, qui sont encore là dans ma pauvre tête. Mais
je ne sais pas toujours quoi en faire. C'est le problème :
savoir, et utiliser son savoir, sont deux choses très diffé-
rentes !...

Arthur parcourut à toute vitesse les pages écrites par le Doc. On aurait dit qu'il les photographiait. Clac, une page ; clac, une autre. Ce n'était pas la première fois que Violaine le voyait faire, mais ça l'impressionnait toujours autant.

– Alors ? s'enquit-elle après qu'Arthur eut terminé.

– C'est une sorte de carnet de bord. À mi-chemin entre le registre médical et le journal intime.

– Tu ne peux pas être plus clair ? demanda Nicolas.

Arthur referma le livre et le posa sur la table basse du salon où ils étaient vautrés.

– Le Doc parle de son travail et de ses patients, expliqua-t-il.

– Des patients ? Quels patients ?

– À en croire ces pages, notre Doc est un psy brillant. Des études en France puis en Allemagne et enfin aux États-Unis. Spécialisé dans les troubles du comportement. Il a surtout travaillé auprès d'individus traumatisés. Mais…

– Mais ?

– Franchement, je n'ai pas vu dans ces notes de quoi justifier un enlèvement !

– Il y a peut-être des éléments qui t'ont échappé, dit Violaine en fronçant les sourcils et en lui prenant le livre des mains.

Elle se rendit immédiatement à la fin de la partie manuscrite.

– Le carnet est incomplet, remarqua-t-elle. La dernière page se termine brutalement, en plein milieu d'une phrase.

Elle lut rapidement.

– À la fin de ses études, résuma-t-elle, le Doc avait été embauché par une clinique privée sous contrat avec le gouvernement américain. Le Doc parle d'agents de la CIA et cite plusieurs techniciens de la NASA parmi ses patients.

– Ce n'est pas étonnant, dit Arthur. 1969, c'était la période des missions Apollo. Tout le monde devait être sur les nerfs !

– Le Doc est si vieux que ça ? s'étonna Nicolas.

– Il a plus de soixante ans aujourd'hui. Il avait donc moins de trente ans à l'époque.

– C'est quoi, les missions Apollo ? demanda Claire.

– C'est un programme spatial américain. Il y a eu dix-sept missions Apollo entre 1968 et 1972. Elles ont permis à douze astronautes de marcher sur la lune et à 381,7 kg de roches lunaires de revenir sur terre, répondit Arthur.

– Bon, résuma Violaine, le Doc a soigné des agents du gouvernement américain à l'époque où les États-Unis envoyaient des hommes dans l'espace. Ce n'est toujours pas suffisant pour justifier un enlèvement !

– Sauf si ces hommes lui ont révélé une information top secrète !

Ils se tournèrent vers Nicolas.

– Ben oui, se justifia-t-il, le Doc et eux, ils ont bien dû bavarder, non ?

– C'est possible, oui, reconnut Arthur.

– C'est certain ! Vous connaissez le Doc comme moi, il arracherait des confidences à une momie.

– D'accord, d'accord ! Seulement, il n'y a pas trace de ce fameux secret dans le livre, dit Violaine déçue.

– Il doit être dans les pages manquantes.

– Et on les trouve où, monsieur Je-sais-tout ? s'énerva-t-elle.

– Je n'en sais rien, avoua Nicolas. Le Doc est malin !

– Un peu trop, visiblement.

Le bruit d'une clé tournant dans la serrure coupa court aux spéculations et aux disputes. Antoine fit son apparition, les bras chargés de sacs.

– Hé, les gnomes, un coup de main, vite !

Ils se précipitèrent pour l'aider.

– Nicolas, range un peu le salon, tu veux bien ?

Claire avait une façon si adorable de demander les choses !

Nicolas remit les coussins à leur place et la table au centre. Il remarqua un bout de papier plié en quatre sur le sol. Tombé d'une poche, à coup sûr. De laquelle ? Il demanderait plus tard. Il ramassa le papier, le glissa dans sa propre poche et s'empressa de rejoindre les autres à la cuisine.

Il faisait presque nuit. La voiture roulait sur le périphérique parisien quand Clarence reçut par son ordinateur connecté au réseau satellite la réponse qu'il attendait. Il tiqua. Ce n'était pas prudent.

Mon vieux Minos. Pour commencer, rassure-toi : toutes nos liaisons sont désormais sécurisées.

Il fut soulagé. Cela allait faciliter les choses.

Ensuite, réjouis-toi : on a localisé tes cibles. Elles sont hébergées par un certain Antoine dont tu trouveras les coordonnées en pièce jointe. Cet imbécile a téléphoné dans l'après-midi depuis son bureau pour décommander une soirée avec des amis. Il a prétexté l'arrivée surprise chez lui de son ex-belle-sœur Violaine et de trois de ses amis. En deux minutes de conversation, il a utilisé cinq des mots-clés que tu avais listés. Un jeu d'enfant… Enfin, fais bon usage de ce renseignement ! J'attends impatiemment de tes nouvelles. Hydargos.

Clarence releva l'adresse donnée par Black et déplia une carte de Paris.

– Matt, tu sortiras porte d'Italie et tu prendras la direction de la place du même nom.

Bien. Ses intuitions s'étaient révélées exactes, une fois de plus. Sauf qu'il s'était trompé sur un point. Un point qui avait son importance : les gamins n'avaient pas commis d'erreur. Sans l'imprudence de celui qui les hébergeait, il ne les aurait jamais retrouvés. Déjà, le choix de cet Antoine qui ne figurait sur aucun de leurs dossiers révélait une vraie réflexion, une habileté qu'il avait sous-estimée.

– Bien joué, mes renardeaux, murmura-t-il pour lui-même.

– Vous dites, boss ?

– Rien.

Un peu plus tard, ils abordèrent la place d'Italie et tournèrent autour du rond-point.

– Va te garer devant le Mercure, là-bas, dit Clarence qui étudiait le plan. C'est assez proche de notre objectif. Nous y établirons nos quartiers.

Matt rejoignit le boulevard Blanqui et se rangea

devant l'entrée de l'hôtel. Clarence se rendit lui-même à l'accueil, réserva deux chambres et fit ouvrir le garage.

– Pourquoi deux chambres, chef ?

– Parce qu'après avoir repéré les fugitifs, cette nuit vous monterez la garde devant leur planque, Matt et toi. Je ne veux pas être réveillé par vos relèves.

Les affaires montées dans les chambres, les trois hommes sortirent et, guidés par Clarence, prirent la direction de la Butte aux Cailles.

– Bizarre, ce nom, releva Matt. C'est à cause des oiseaux ?

– À cause des anciens propriétaires du quartier qui s'appelaient Cailles.

L'Américain ne sut pas si son patron plaisantait. Il n'arrivait jamais à savoir. Dans le doute, il abandonna le sujet.

– Voilà, nous y sommes, dit Clarence en s'arrêtant au pied d'un immeuble moderne.

– C'est amusant, ce dragon, fit remarquer Matt en montrant une sculpture métallique enchâssée dans le mur.

– Très amusant, confirma Clarence sans même se donner la peine de regarder.

Il jeta un coup d'œil à la liste de noms, sur l'interphone, à travers la porte vitrée.

– C'est bien là. Ils sont au troisième. Agustin, Matt, faites un tour du bâtiment.

Les deux hommes revinrent rapidement.

– Pas d'autre entrée, chef.

– Parfait. Vous allez me surveiller discrètement cette porte jusqu'à demain matin. Garde alternée, débrouillez-vous pour la fréquence. Si les gamins sortent, vous les filez et vous me prévenez sur le portable.

– Pourquoi on ne monte pas tout de suite les cueillir, boss ?

– Parce qu'il est trop tard. Ils s'étonneront de voir débarquer des policiers à cette heure et n'ouvriront pas. Je les imagine méfiants… Et puis parce que j'ai sommeil et que j'ai faim.

Clarence rentra seul à l'hôtel. Matt avait décidé d'aller chercher de quoi manger pour Agustin et lui dans le centre commercial tout proche. « Réflexe d'Américain », ne put-il s'empêcher de penser.

Lui-même commanda un repas à la réception et dîna en silence dans sa chambre. Puis il s'assit dans le fauteuil près de la fenêtre et ferma les yeux en soupirant. Il aimait bien ses deux comparses. Il les avait lui-même recrutés et avait l'habitude de travailler avec eux. Mais il savourait ce moment de solitude. Il n'y pouvait rien, il restait un loup. Un loup solitaire…

Depuis six mois que je travaille dans cet établissement, j'ai croisé de nombreux hommes et femmes qui ont voué leur vie au bon fonctionnement de l'État. Eh bien je peux dire maintenant qu'être un rouage n'est guère épanouissant !

La plupart d'entre eux accusent une simple fatigue et sont heureux de trouver une oreille attentive. Je crois que je n'aurais pas eu plus de confidences dans un confessionnal ! Mais certains sont atteints de troubles profonds, qui nécessiteraient plus qu'un séjour d'une semaine dans nos murs.

L'un de mes patients, Harry Goodfellow, un technicien occupant un poste élevé à la NASA, est de ceux-là.

Il ne m'a pas encore parlé, je veux dire qu'il ne m'a encore rien dit d'important. Mais je sens qu'il porte en lui quelque chose qui l'étouffe...

(Extrait du carnet du docteur Barthélemy, écrit dans sa jeunesse et trouvé dans le livre d'Ézéchiel par Arthur.)

11

Incendere : mettre le feu

Mon destin s'est scellé un jour de juillet, dans une vallée d'altitude perdue à la frontière nord-est de l'Afghanistan. Cela faisait quinze ans que je promenais ma carcasse sur tous les points chauds du globe, et que j'y perdais mes rares illusions, les unes après les autres. La réalité du monde correspond rarement à l'idée que s'en fait un état-major ! J'avais été parachuté dans ces montagnes afghanes avec pour mission de retrouver et d'éliminer un vieux chef de tribu tadjik qui gênait les Talibans pachtouns, alliés alors de la grande Amérique. Le vieillard était seul dans sa grande tente de feutre. Je suis entré sans bruit, à pas de loup. « Je t'attendais », a-t-il dit en farsi. « Tu savais que j'allais venir ? Alors, tu dois savoir aussi que tu vas mourir », ai-je répondu moi aussi en persan. Il a ri. « Oui, mais pas tout de suite. » Puis il m'a regardé d'un air grave. « Je te propose un marché, homme-loup. » J'ai sursauté. « Je suis vieux, la mort ne me fait pas peur. Mais ma vie est encore précieuse pour mon peuple. Si tu l'épargnes, je te révélerai un grand secret. » Quelque chose m'a poussé à hocher la tête, sans réfléchir. L'instinct, sans doute, mon indéfectible instinct...

Clarence rejoignit Agustin dans la salle de l'hôtel qui servait les petits déjeuners.

– Alors, comment s'est passée la nuit ?

– Calme, chef. Et froide. Matt nous attend devant l'immeuble.

– Nous agirons à 9 heures, dans une demi-heure. Le temps de boire un café. Ou deux. Tu as mangé ?

– Avec Matt, tout à l'heure, sur le trottoir.

– Bien. Descends les bagages et sors la voiture. Gare-la sur zone, hors de vue. On se retrouve là-bas à l'heure dite.

Violaine se réveilla avant les autres. Elle sortit de son sac de couchage et passa à la salle de bains. Elle en rapporta un verre d'eau qu'elle versa en partie sur la tête d'Arthur, la seule qui émergeait des duvets.

– Hé, tu es folle ou quoi ? s'insurgea le garçon en se redressant d'un bond.

– Debout, fainéant ! Allez les autres, debout aussi, continua-t-elle en donnant de petits coups de pied dans les corps allongés de Nicolas et de Claire.

Ils s'étaient couchés tôt, la veille, fatigués encore de leur longue marche dans la neige. Ni la sieste ni les heures de train passées à dormir n'avaient suffi à les remettre d'aplomb. Le repas préparé par Antoine avait été délicieux. Ils n'avaient pas beaucoup parlé, se contentant de plaisanteries, de commentaires sur la nourriture, le temps et Paris. L'ambiance avait pris, cependant. Nicolas avait même réussi à les plonger dans une crise de fou rire en racontant comment il avait montré son ticket de métro à un mendiant en le prenant pour un contrôleur.

Lorsqu'ils avaient commencé à bâiller, Antoine les avait envoyés se coucher. Il avait dit en riant que c'était la soirée la plus courte qu'il avait passée depuis longtemps !

Ce matin, Violaine se sentait reposée. Indifférente aux cris qui lui reprochaient de faire du bruit, elle rangea rapidement ses affaires, comme Arthur avant elle. Puis, en compagnie du garçon qui sortait de la salle de bains, elle alla préparer le petit déjeuner.

Claire et Nicolas se levèrent enfin. Imitant leurs amis, ils firent leurs sacs et les rejoignirent à la cuisine. Antoine aussi était debout, en tee-shirt et caleçon, une tasse de café à la main.

– Bien dormi ?

– Comme des pierres, répondit Nicolas.

– Rendez-vous utiles, dit Violaine en chargeant ses amis de tout un tas de choses. Mettez ça sur la table du salon.

Antoine se retrouva bientôt seul avec elle.

– Je ne t'en ai pas parlé hier, commença-t-il gêné, mais… Comment va Adèle, comment va ta sœur ? Cela fait très longtemps que je n'ai pas de nouvelles.

Violaine ne sut pas quoi répondre. Elle pensa un moment rester évasive, encore une fois. Mais elle lui avait déjà suffisamment menti.

– Tu sais, Antoine, je suis en pension, je ne la vois plus beaucoup. Je crois qu'elle s'est trouvé un mec, du genre blaireau, qui ne t'arrive pas à la cheville.

– Merci pour le compliment ! encaissa-t-il avec un sourire. J'espère au moins qu'elle est heureuse. Elle me manque beaucoup.

— Ma sœur ne me fait pas de confidences, bougonna Violaine. Je ne sais pas pour elle, mais moi, tu m'as manqué.

Ému, Antoine faillit la prendre dans ses bras, mais il se rappela à temps qu'elle détestait qu'on la touche. Il s'approcha juste et déposa un baiser furtif sur son front. Elle réussit à sourire. Son menton tremblait.

— Ma petite sœur, murmura-t-il.

— Alors, vous venez ? appela Nicolas. On commence sans vous !

Ils s'assirent sur les coussins, autour de la table. Claire avait disposé une nappe blanche et même allumé une bougie, pour faire joli.

Ils commençaient juste à manger lorsqu'on frappa à la porte.

Antoine eut l'air surpris.

— Ce doit être une lettre recommandée. Aucun de mes amis n'est debout à cette heure-là !

Il se leva et se dirigea vers sa chambre en criant un : « J'arrive ! » pour faire patienter le visiteur. Les quatre amis se regardèrent, inquiets.

— Nicolas, tu vois quelque chose ?

Le garçon retira ses lunettes, fixa la porte et se concentra. Le problème, c'est que ça ne marchait pas tout le temps. Mais sa vision se brouilla très vite. Ses entraînements portaient leurs fruits ! *Le monde n'était plus que couleurs.* Il poussa un cri de stupeur. *Derrière le brun de la cloison, trois silhouettes se découpaient, rouges et jaunes. Une mince, une normale et une énorme.*

111

– Ce sont eux, balbutia-t-il.

– Tu es sûr ? s'étrangla Arthur.

– Oui.

– Comment ont-ils fait ? s'exclama Claire. C'est impossible !

– Possible ou pas, il ne faut pas rester les bras croisés, grogna Violaine. Mettez vos blousons et vos chaussures, sacs sur le dos, vite ! On guette une ouverture, on se faufile dehors et j'expliquerai à Antoine plus tard.

– Le livre du Doc ! On allait l'oublier, dit Nicolas qui se précipita vers le meuble où il était posé.

Déjà, Antoine revenait, habillé. Il ouvrit la porte.

– Police, dit un homme moustachu au visage émacié, en montrant sa carte. Nous venons, à la demande des parents, récupérer les fugueurs qui sont chez vous.

– Fugueurs ? répéta Antoine qui ne comprenait pas.

– Ne les écoute pas, hurla Violaine. Ce ne sont pas de vrais policiers !

Les trois hommes forcèrent le passage.

– Qu'est-ce que… Vous n'avez pas le droit ! s'indigna Antoine. Je veux voir votre commission rogatoire !

Le moustachu lui asséna une manchette sur la tempe. Antoine s'effondra, assommé. Violaine poussa un cri d'horreur.

– Restez où vous êtes, les gosses, dit l'homme d'une voix rauque.

Il s'avança dans leur direction

Claire prit une inspiration. Violaine était paralysée, Arthur ressemblait à un bloc de marbre et Nicolas restait crispé sur le livre, bouche ouverte. Elle était la seule à avoir gardé son sang-froid. Il fallait qu'elle agisse. Elle vit la grosse bougie ronde sur la table. *Tendre simplement le bras. Voilà.* La bougie était dans sa main. *Maintenant, je fais un pas vers le faux policier. Je prends le temps de maîtriser un tremblement et j'écrase la bougie contre sa figure. Je refais un pas en arrière. J'étais où je suis, je suis où j'étais.* Personne ne l'avait vue bouger, elle était allée trop vite. La cire s'était enflammée et crépitait sur le visage du moustachu. Pour tout le monde, le feu avait jailli de nulle part.

— Ahhhhhh ! Ça me brûle !

— Du calme, Agustin, dit l'homme au manteau noir, qui s'était précipité pour lui essuyer le visage avec sa manche.

Violaine sortit brusquement de son apathie. Elle avala une grande goulée d'air, comme on fait lorsqu'on remonte à la surface après être resté trop longtemps au fond de l'eau. Qu'est-ce qui lui prenait ? Qu'est-ce qu'elle attendait, bon sang ? Antoine gisait sur le sol, inconscient. C'est ça qui la bouleversait. Antoine était fort, il était invincible. Il aurait dû les protéger, pas se faire assommer ! Est-ce qu'il avait mal ? Était-il seulement encore en vie… Elle lutta pour ne pas céder à la panique. Un regard qu'elle échangea avec Claire lui rendit une partie de sa lucidité. Claire, Claire avait agi. Il fallait qu'elle fasse quelque chose à son tour. Un dragon ? Oui, elle devait s'attaquer à un dragon et le vaincre.

Elle se força à bouger et avança vers l'homme en noir qui lui tournait le dos. Elle s'arrêta aussitôt, interdite. Cet homme était lisse, sans prise. Elle n'avait pas rêvé, l'autre jour, à la clinique. Si inconcevable que cela puisse être, il n'avait pas de dragon ! Elle aurait voulu comprendre, mais elle n'avait pas le temps d'approfondir le mystère. S'il se retournait maintenant, elle ne pourrait plus rien faire. Elle recula, désarmée.

Le troisième homme, un colosse au visage rond, s'approcha d'elle pour l'attraper. Celui-là était normal. Il possédait un dragon, un bon gros dragon. Devançant son intention, Violaine se jeta dans ses bras.

– Au secours ! dit-elle au géant stupéfait. Ces hommes sont méchants, ils veulent nous faire du mal, à mes amis et à moi ! Il faut nous protéger !

Clarence contempla la scène, interloqué. Cette fille avait complètement disjoncté !

– Très bien, Matt, commanda-t-il, attache-lui les mains. Agustin et moi, on s'occupe des autres.

Agustin s'était débarrassé de la cire, qui lui avait occasionné des brûlures douloureuses mais superficielles. Il jeta un regard assassin à Claire. C'était elle qui avait lancé cette boule de feu sur lui, il en était certain ! Puis il avisa le livre à la couverture en cuir que Nicolas serrait contre lui. Il correspondait à la description qu'en avait faite le docteur. D'un bond, il fut sur le garçon et lui arracha l'ouvrage des mains. Puis il le brandit triomphalement en direction de Clarence.

Violaine serra les dents. La situation devenait catastrophique. Vite, plus vite ! *Le dragon de Matt avait posé sa tête sur l'épaule du chevalier et il ronronnait. Enfin, ça y était ! Son corps puissant, de noir était devenu blanc.*

– S'il vous plaît, monsieur, il faut faire quelque chose…

Brusquement, le colosse repoussa Violaine et la mit à l'abri derrière lui, avant de faire face à ses comparses.

– Matt ! Qu'est-ce que tu as, tu es fou ?

– Faut les laisser tranquilles, boss.

Clarence n'en crut pas ses oreilles. Agustin, en proie à la même surprise, s'avança vers le géant. Les trois jeunes gens, à nouveau libres de leurs mouvements, vinrent se placer sous la protection de l'Américain.

– Hé, Matt ! Qu'est-ce que tu nous fais, là ? Je…

Matt lança son poing en avant. Agustin, rompu lui aussi aux arts martiaux, l'évita de justesse. Le colosse était un combattant redoutable.

– On fonce ! hurla Violaine en se précipitant vers la porte, suivie par la bande.

Clarence jura. Il avait récupéré le livre, mais comptait poser quelques questions aux gamins. Or ceux-ci étaient en train de lui échapper ! Matt s'était placé de façon à couvrir leur fuite.

Agustin sortit un pistolet et le pointa vers les fuyards.

– Pas de ça, dit sèchement Clarence.

– Mais, chef…

– Pas dans le dos, Agustin.

Cette histoire commençait à l'agacer. C'était la deuxième fois que les mômes lui filaient entre les doigts. Il s'avança vers Matt qui l'attendait, les poings levés.

– Faites gaffe, chef, il a l'air en colère ! le prévint Agustin.

– Moins que moi, tu peux le croire, répondit Clarence entre ses dents.

Il évita le premier coup en s'effaçant sur le côté, para le deuxième du plat de la main. Puis, rapide comme l'éclair, il frappa le colosse au plexus. Matt s'effondra, foudroyé. L'affrontement avait duré moins de dix secondes. La porte enfin dégagée, Agustin s'engouffra dans les escaliers.

Il revint un quart d'heure plus tard, bredouille.

– Introuvables, chef. Ils peuvent être n'importe où.

– Je sais. Ce n'est pas très grave, nous avons récupéré le livre. Aide-moi à porter cet imbécile jusqu'à la voiture.

Matt gémissait. Il reprenait peu à peu connaissance.

– Qu'est-ce qui lui est arrivé ? Vous comprenez, chef ?

– Je crois que ce pauvre Matt n'y est pour rien.

Agustin se demanda si le patron n'était pas devenu fou à son tour. Il soupira et glissa son épaule sous le bras du géant.

– Et l'autre, qu'est-ce qu'on en fait ? demanda-t-il en désignant du menton Antoine étendu sur le sol.

– On le laisse. Le temps qu'il émerge et qu'il appelle la police, on sera loin.

Ils étaient trois. J'ai surtout vu celui qui m'a frappé : grand, maigre, une moustache, de type sud-américain. Sa voix était rauque, avec un accent espagnol. Pour les deux autres, l'un semblait quelconque, l'autre énorme, du genre lutteur de foire. Le premier a sorti une carte de policier. Je n'en ai vu que dans les films, mais c'était ressemblant. Il a dit que ma belle-sœur et ses amis avaient fugué, et qu'ils étaient chargés par leurs parents de les retrouver. Je ne l'ai pas cru. Je sais que Violaine m'a crié de faire attention, juste avant qu'on m'assomme. Je pense que ces hommes se sont fait passer pour des policiers. Ils cherchaient peut-être à enlever les enfants. Ils ont dû réussir, je n'ai pas eu de nouvelles d'eux depuis.

(Procès-verbal de l'audition d'Antoine, retrouvé inanimé dans son appartement par des policiers alertés par les voisins, au commissariat du XIIIe arrondissement.)

12

Subterraneus, a, um :
qui est sous terre

Elle s'adossa du plus confortablement qu'elle put contre la paroi. Elle observa le fond de la grotte où, dans la pénombre, les dragons s'agitaient plus encore que d'habitude. Se rendaient-ils compte qu'elle recouvrait peu à peu sa liberté ? Sentaient-ils son désir de fuir ? Elle chuchota dans leur direction. « Vous pouvez crier tant que vous voulez, je crois que je n'ai plus peur maintenant. Allez, montrez-vous ! » Mais les dragons reculèrent encore plus loin. Elle en ressentit une joie farouche. Les rôles étaient inversés ! Et bientôt, elle serait suffisamment forte pour quitter cet horrible endroit…

— Pas ici, trop voyant, dit Violaine à Nicolas et Arthur qui s'étaient effondrés, hors d'haleine, devant l'église.

Sa voix était enrouée par l'effort de la course. Sans lâcher la main de Claire, elle les entraîna plus loin, le long de l'édifice. Ils s'assirent sur les marches d'une

118

entrée secondaire, fermée par une grille, et purent enfin reprendre leur souffle.

Après une cavalcade dans les escaliers de l'immeuble, ils avaient d'abord pensé à gagner le métro avant d'opter, finalement, pour une fuite à pied dans les rues. Des rues à sens unique, de préférence, pour échapper à la voiture noire.

– Ouf ! Ce n'est pas facile de courir avec un sac à dos. Mais on n'a pas été suivis, je crois, annonça Violaine.

– Tu es sûre ? demanda Nicolas en regardant derrière eux.

– Il y a de grandes chances. Où est-ce qu'on est, Arthur ?

– Place Jeanne-d'Arc.

Personne ne lui demanda, à lui, s'il en était sûr. Ils avaient tous ensemble regardé, la veille, le plan de Paris qu'Antoine leur avait laissé.

Mais Arthur était le seul à s'en souvenir précisément.

– *Domus Dei*, déchiffra Claire au-dessus de la porte en bois, à travers la grille cadenassée. Qu'est-ce que ça veut dire ?

– « La maison de Dieu », en latin, dit Arthur. C'est une église !

– C'est pour ça que c'est fermé, ironisa Violaine. Le propriétaire se protège des démons dans notre genre !

– Ne dis pas des choses pareilles, frissonna Claire. Ça porte malheur.

Violaine haussa les épaules.

— Je ne vois pas ce qui pourrait nous arriver de pire. Allez, on bouge !

Malgré leur fatigue, ils repartirent sans rechigner. Ils ressentaient tous le besoin de mettre encore de la distance entre eux et leurs poursuivants.

Ils empruntèrent les rues Xaintrailles et Domrémy jusqu'à tomber sur un réseau de voies ferrées.

— C'est quoi, ces bâtiments tout en verre, là-bas ? demanda Nicolas.

— C'est la Bibliothèque nationale, enfin, l'annexe principale. Elle a la forme de quatre livres ouverts. La Seine coule juste derrière. Il y a 395 kilomètres de livres, 10 millions de volumes dont 200 000 livres rares et 575 000 en libre accès.

— Arthur, tu es effrayant parfois, tu le sais, ça ?

— Je croyais que les livres n'aimaient pas la lumière, s'étonna Violaine.

— Alors je devrais peut-être songer à devenir bibliothécaire ! dit Nicolas.

— J'aime bien les bibliothèques, ajouta Arthur. Elles sont silencieuses.

— C'est un signe, dit calmement Claire.

— Tu veux aussi devenir bibliothécaire ?

— Mais non, idiot. Regardez : un livre nous a conduits à Paris, nous le perdons et nous en retrouvons quatre. Comme nous.

Ils décidèrent de s'approcher de l'édifice. Ils longèrent des immeubles défraîchis et empruntèrent des escaliers pour rejoindre la rue de Tolbiac.

Les murs, gris, étaient couverts par endroits de tags

et servaient de support à des affiches collées de travers. L'une, passablement délavée, annonçait le concert d'un groupe de rock au nom indéchiffrable. Sur une autre à moitié déchirée, un www.phae.org semblait inviter à quelque rendez-vous secret.

Une fois franchi le pont qui enjambait l'enchevêtrement de rails, ils bifurquèrent sur l'imposante avenue de France.

Une voiture sombre les dépassa et les fit brusquement sursauter. Ils se rendirent compte qu'ils étaient visibles de très loin.

— Mettons-nous à l'abri dans un de ces cafés, dit Violaine. Je commence à avoir froid.

La proposition fut acceptée à l'unanimité. Ils poussèrent la première porte et s'installèrent autour d'une table, dans le fond, d'où ils pouvaient observer l'extérieur. Les bâtiments imposants de la bibliothèque étaient tout proches. Ils commandèrent à boire ; leur course éperdue les avait mis en sueur et ils avaient la gorge en feu.

— Il y a une chose que je ne comprends pas, dit Claire après avoir bu d'un coup la moitié de son verre. Comment ont-ils fait pour nous retrouver ? Nous n'avons dit à personne où nous allions !

— En plus, dit Arthur, nous avons toujours payé en liquide. Impossible de nous suivre en pistant une carte bancaire.

— Même dans ce cas, il faudrait que ces hommes soient très forts et qu'ils aient des appuis importants.

— Ils sont peut-être de la police, après tout.

– Des policiers qui enlèvent et qui assomment des gens ? Oublie ça.

– Peut-être que le nom d'Antoine figurait dans mon dossier, à la clinique, dit Violaine.

– Ce serait la meilleure explication, reconnut Arthur. Et toi, Nicolas, tu en penses quoi ?

Nicolas ne répondit pas. Un mal de crâne atroce l'avait saisi au moment de boire son jus de fruits et il se tenait la tête entre les mains. Sa vision changeait sans arrêt, en fondu enchaîné, comme les images d'un économiseur d'écran sur un ordinateur. Le verre, la table. *Une tache bleu pâle, une couche brune, et en dessous le jaune d'un parquet, le bleu foncé du béton.* La table. Le jus de fruits. *Bleu.* Une main. *Orange.* La main d'Arthur qui le secouait par l'épaule.

– Ça va, Nicolas ?

Le ton inquiet de son ami, plus encore que son geste, le tira de son étourdissement.

– Oui, grogna-t-il. C'est juste que je suis fatigué. Tout va bien.

Il l'espérait, sans trop y croire. En s'entraînant, en s'efforçant de maîtriser sa vision, il pensait comprendre la logique particulière de ses yeux. Mais il n'avait fait qu'accroître leur dysfonctionnement. Autrefois, les taches et les couches de couleur apparaissaient furtivement, comme des flashs, sans qu'il le décide. Puis il avait réussi à les contrôler. Maintenant, ça recommençait comme avant, sauf que c'était plus long, plus intense aussi. Que devait-il faire ? Tout arrêter ou bien s'exercer, encore et encore ?

– Maintenant que les… les bandits ont récupéré le

livre du Doc, dit Claire, nous n'avons plus de monnaie d'échange.

– Oui, dit Arthur, mais au moins nous n'avons plus rien à craindre. Ils ont ce qu'ils voulaient, non ?

– On peut rentrer à la clinique, alors ? hasarda Nicolas d'une voix pâteuse.

– À la clinique ? s'étrangla Violaine. Sûrement pas ! En tout cas en ce qui me concerne.

– Et qu'est-ce que tu comptes faire ? Tu vas fuir toute ta vie ? reprit le garçon.

– Pourquoi pas ? répondit-elle crânement. Tout plutôt que de rentrer en cage !

– Tu dramatises toujours, soupira Arthur.

– Et nos parents ? suggéra encore Nicolas. Ils pourraient peut-être nous aider. Après tout, ils nous doivent bien ça.

Claire regarda le garçon, stupéfaite.

– Tu veux reprendre contact avec tes parents ? Après ce qu'ils t'ont fait ? Ils t'ont abandonné, Nicolas, ils t'ont laissé pourrir dans cette clinique !

Nicolas fit une grimace pour masquer sa gêne.

– Je disais ça comme ça. En y réfléchissant, je pense que ça les embêterait bien de me revoir.

– À la première occasion, continua Claire, hop, ils te ramèneraient à la Clinique du Lac. Tu sais, la clinique du nouvel espoir !

– Tu en veux tant que ça à tes parents ? lui demanda Arthur, surpris par la virulence inhabituelle de Claire.

– Mes parents ? Je crois que je ne les ai jamais connus, répondit-elle, sibylline.

– Moi, reprit Arthur en haussant les épaules, je les aime bien, les miens. Mais je crois qu'aujourd'hui on n'aurait rien à se dire. Il y aurait entre nous un énorme silence, un grand vide creusé par leur honte de s'être débarrassés de moi. Et toi, Violaine ?

– Il n'y a rien à dire sur mes parents, bougonna-t-elle. Seulement que je n'ai aucune envie de les revoir.

– Alors ?

– Alors il faut se cacher. Même si les trois autres n'en ont plus après nous, on reste des fugueurs. La police, la vraie, est déjà sûrement à nos trousses !

– Violaine a raison, renchérit Claire. Si on décide de ne pas rentrer, il faut trouver un endroit où se cacher. Un endroit connu seulement de nous.

– Je sais où, annonça Nicolas. Et c'est tout près d'ici ! Ils le regardèrent avec des yeux ronds.

– Je croyais que tu n'étais jamais venu à Paris, dit Claire.

– C'est vrai.

– Je ne comprends pas.

– En fait, je viens juste de voir cet endroit, sous nos pieds. Le quartier est construit sur du vide. Il y a de l'espace souterrain partout. Je pense qu'on y trouvera ce qu'on cherche.

– Pourquoi pas ? dit Violaine après un moment de silence. C'est une idée comme une autre.

– C'est même la seule, pour l'instant, intervint Arthur. Et comment on y accède, à ces souterrains ?

– Je n'ai pas eu le temps de bien voir, mais je pense qu'on peut entrer du côté des voies ferrées.

Ils méditèrent sur la proposition de leur ami.

– C'est jouable, conclut Violaine. Avec ce temps et à cette heure-ci, il n'y a pas grand monde dehors. Essayons.

Claire régla les consommations et ils regagnèrent l'avenue. Celle-ci était déserte. Ils furent obligés de revenir sur leurs pas jusqu'à la rue du Chevaleret qui longeait les rails de l'autre côté. Des matériaux de construction et une casemate d'ouvriers leur permirent d'escalader sans problème le grillage. Ils coururent à travers les voies jusqu'à l'aplomb de l'avenue de France qu'ils venaient de quitter. De grands piliers de béton étayaient le vide sur lequel elle était construite.

– Alors, j'avais raison, non ? triompha Nicolas.

Ils sortirent des sacs les lampes de poche.

– Il y a un mur au fond, dit Violaine en promenant son faisceau autour d'elle.

Elle frissonna. Le monde souterrain la mettait mal à l'aise. Non, ce n'était pas tout à fait vrai. En fait, il la terrifiait !

– J'aperçois une porte, là-bas, compléta Arthur.

C'était une porte métallique dont la serrure avait été défoncée.

– On n'est pas les premiers à avoir eu cette idée, constata Claire.

Ils pénétrèrent dans un vaste couloir sentant l'humidité et l'urine. Des cartons et de vieilles couvertures étaient étalés contre le mur.

– Des clochards, dit calmement Arthur. Ils doivent venir ici de temps en temps.

Violaine se rapprocha de ses amis. Cette fois, Nicolas

avait d'autorité pris la tête du groupe et cela lui convenait parfaitement. Ils s'enfoncèrent dans les ténèbres et sa respiration s'accéléra.

Le couloir se divisa bientôt en plusieurs branches.

– C'est un vrai gruyère !

– Ce sont des fondations, dit Nicolas.

– Les fondations de la bibliothèque ?

– Les fondations de tout le quartier, Claire. C'est un quartier neuf, construit sur rien. Et on est dans ce rien, justement !

– Tu sais où aller ? demanda Violaine en faisant un énorme effort pour maîtriser sa voix.

– Non. Tu as raison, on ne peut pas continuer au hasard. Je vais essayer de… de voir. Il faut me laisser un peu de temps.

Nicolas se concentra sur sa vision. Elle le submergea avec une force et une rapidité qu'il n'attendait pas. Il tituba.

– Ça le reprend ! cria Arthur qui se précipita.

– Ça va, ça va, grogna Nicolas. C'est juste que… Non, laissez tomber. C'est à gauche.

– Qu'est-ce que tu as vu ?

– Des creux, des pleins, beaucoup de couloirs, quelques salles. Impossible d'expliquer. Faites-moi confiance, c'est tout.

Ils reprirent leur marche. Arthur ne quittait pas Nicolas d'une semelle.

– Pourquoi tu me colles comme ça ?

– Pour te retenir si tu t'évanouis. Je sais ce que c'est, tu peux me croire !

– Moi aussi, dit Claire qui tenait la main de Violaine.

– Ouais, dit celle-ci d'une voix anormalement forte, eh bien, on le sait tous. Et ici Nicolas, à gauche encore ?

Elle aurait tout donné pour apercevoir un bout de ciel. Et encore plus pour se trouver à cent lieues de là !

– Non, c'est tout droit. On est sous la bibliothèque, maintenant.

Le couloir était à présent faiblement éclairé par des ampoules rouges, disposées régulièrement au mur dans des appliques étanches.

– Il doit y avoir une maintenance, expliqua Nicolas. Sans doute à cause du parking souterrain, à côté. Il faut prendre à gauche de nouveau.

Arthur surveillait son ami du coin de l'œil. Nicolas n'était pas au mieux de sa forme, c'était évident. Mais qui l'était parmi eux ? Claire, qui n'avançait que si on lui tenait la main ? Violaine, que le noir terrorisait ? Lui ? Lui qui avait été, hier, sans que ses amis s'en doutent, à deux doigts d'un bug fatal, d'une déconnexion définitive de son impitoyable cerveau ? Il ne put s'empêcher de sourire tristement. Ils formaient une équipe d'éclopés sur laquelle le plus taré des parieurs n'aurait jamais misé un centime ! L'équipage d'une sombre galère où c'était le moins amoché du moment qui prenait le quart et veillait sur les autres… Pitoyable.

Ils s'engagèrent dans une galerie étroite, sur une trentaine de mètres. Nicolas s'arrêta bientôt devant une porte, en métal elle aussi. Là encore, l'ouverture avait été forcée. Ils entrèrent et découvrirent une pièce de vastes dimensions, déserte comme tout le reste.

– Ça sent beaucoup moins mauvais que dans les couloirs, remarqua Claire.

– C'est parce qu'il y a une aération, dit Nicolas en montrant avec sa lampe une grille au plafond.

– C'est bizarre, quand même, une pièce ici.

– Elle servait peut-être à ranger du matériel fragile au moment du chantier, d'où l'aération, suggéra Arthur.

Violaine se détacha du groupe et inspecta l'endroit Étrangement, elle se sentait moins oppressée ici. La surface ne devait pas être loin.

– Ça me plaît, dit-elle enfin. Quelques meubles et ce sera parfait !

Son angoisse était encore terriblement présente, lovée comme un serpent au fond de son ventre. Plaisanter lui faisait du bien. Ses amis le sentirent et lui adressèrent un sourire. Claire lui reprit la main et la pressa affectueusement.

– On est obligés de refaire tout le parcours pour sortir ?

– Non, la rassura Nicolas, j'ai vu tout à l'heure une porte donnant sur le parking souterrain.

– Allons-y, proposa Violaine.

Ils rebroussèrent chemin. Peu avant la dernière intersection, en effet, une porte ouvrait sur le parking. Ils la poussèrent.

– C'est drôle, ça, qu'elle ne soit pas fermée à clé.

Claire montra à Arthur l'inscription SORTIE DE SECOURS éclairée au-dessus. Ils étaient tout au fond du

parking. Sur la porte était écrit : À N'UTILISER QU'EN
CAS D'URGENCE, ISSUE STRICTEMENT RÉSERVÉE AUX
PERSONNES AUTORISÉES.

– C'est pour ça, les ampoules rouges dans le couloir,
comprit-il.

– Génial ! s'exclama Nicolas en ouvrant une autre
porte, à quelques mètres. Il y a des toilettes et un
lavabo !

– Les gars du parking en avaient sans doute marre
que l'on pisse contre les murs ! se moqua Arthur.

– En tout cas, ça fait bien notre affaire, dit Violaine
que la proximité de l'extérieur rendait presque joyeuse.
J'avais raison : quelques meubles et on sera chez nous !

Depuis longtemps, les sous-sols de la capitale abritent une
population marginale et inquiétante. Bêtes de la nuit, araignées,
rats et chauves-souris grouillent à côté de monstres terrifiants.
Fantomas chevauche le crocodile des égouts ! Côté obscur des
catacombes…

Mais les sous-sols permettent aussi de fuir les dangers du
dessus. Ils offrent ainsi tout au long de l'histoire des refuges et
des chemins secrets. Côté lumineux de la caverne !

Aujourd'hui, alors que Paris se déploie tant et plus à la surface, la ville souterraine grignote de nouveaux territoires. Après
les carrières, les égouts et le métro, palpitantes et tièdes
entrailles, la capitale s'offre des ventres neufs.

De vastes friches, entre soubassements et assises en béton,
côtoient dans le fondement de la ville des parkings et des loge-
ments.

Réalité des temps anciens, étonnement des temps modernes, promesse des temps futurs, les Paris souterrains sont autant de déclinaisons de la grotte des origines, angoissante et rassurante.

(Extrait de *Mythes et réalités du Paris souterrain*, par Aristide Gruau.)

13

Signum, i, n. : signe, indice

Je me suis assis sur le tapis en face du chef de tribu et j'ai dit : « Je t'écoute, vieil homme. » Il a enfoncé son regard dans le mien. Ses yeux étaient brûlants comme des fers rouges. « Sais-tu comment j'ai deviné que tu arrivais ? Sais-tu comment j'ai vu le loup en toi ? » J'étais stupéfait. Je m'attendais à ce qu'il me confie une information stratégique que j'aurais pu monnayer auprès des étoilés du Pentagone, pas à ce qu'il parle de moi. J'ai secoué la tête. « Tout homme porte la marque de ses émotions, de ses sentiments, de son caractère. Une aura, un halo, comme une écharpe invisible s'enroulant et se déroulant autour de lui. » Je ne perdais pas un mot de ce qu'il me disait. « Tu te crois fort, homme-loup, et tu l'es. Mais certains le sont plus : ceux qui voient cette écharpe dans les brumes de l'invisible. » J'avais la gorge nouée. « Tu me proposes d'apprendre à acquérir cette vision ? » Le vieux sorcier rit encore. « Il faut le don, ça ne s'apprend pas ! Non. Mais je peux effacer ce halo qui te trahit, cacher l'écharpe, pour que tes ennemis ne puissent pas s'en servir. Alors tu seras vraiment fort. » J'ai accepté. Le rituel a duré toute la nuit. Je suis parti le matin sans savoir *si le vieux s'était moqué de moi. Mais j'ai tenu ma promesse et il est resté en vie. De retour, j'ai prétexté l'échec de l'opération pour présenter ma démission. On l'a refusée. On avait besoin de moi ailleurs…*

Clarence éclata de rire. Sous le coup de la surprise, Agustin fit une embardée avec la voiture. Matt, quant à lui, dévisagea son patron d'un air inquiet. Ils travaillaient pour lui depuis des années et jamais ils ne l'avaient entendu rire de cette façon !

– Ça va, chef ?

– Tu feras demi-tour quand tu pourras, Agustin.

– On retourne à Paris ?

– Oui.

Agustin n'osa pas demander pourquoi et Matt encore moins. Le colosse était encore choqué. Il avait essayé de frapper ses comparses, dans l'appartement de la Butte aux Cailles, et ça lui paraissait fou. Il ne se rappelait rien. Il avait seulement ressenti, avec une force irrésistible, la nécessité de protéger les enfants. Pour un peu il se serait effondré en larmes quand Agustin lui avait raconté la scène. Mais le boss ne lui en voulait pas. Il lui avait même dit que ce n'était pas sa faute. Le boss était génial !

Agustin essaya de savoir ce qui se passait.

– On a oublié quelque chose à l'hôtel ?

– Non. On a oublié quelque chose quelque part. Je vous en dirai plus tout à l'heure. Il faut que je réfléchisse.

– On retourne place d'Italie ? demanda Agustin dans une ultime tentative.

Agustin n'était pas curieux. Mais il supportait de moins en moins les secrets. Attention, il ne remettait pas en doute les compétences du patron, ça non ! Il avait le plus grand respect pour lui, et même, oui, il n'avait pas honte de l'admettre, de l'admiration. Pas cette adoration béate, toutefois, que manifestait Matt et qui l'agaçait. Il en avait parlé plusieurs fois avec cet imbécile qu'il était bien obligé de considérer comme un ami, depuis le temps, mais Matt ne comprenait pas. Quand le chef parlait, c'était Dieu qui parlait. Lui Agustin, il savait que Dieu n'existait pas. Alors il aurait aimé que le patron lui fasse confiance et le mette davantage dans la confidence.

– Non, se contenta de répondre Clarence. Cette fois nous irons au Plaza, comme d'habitude.

Sacré Barthélemy ! Il les avait tous bien roulés, avec son livre d'Ézéchiel ! Les documents que voulait le Grand Stratégaire n'étaient pas à l'intérieur. L'idée que les gosses aient pu les conserver l'avait effleuré un instant. Mais finalement c'était peu probable. Même s'il était fantaisiste, ce bon docteur n'était pas du genre à prendre des risques inconsidérés. Les documents étaient dissimulés ailleurs, et les renardeaux savaient peut-être où. En tout cas, ils étaient sa dernière chance. Barthélemy ne dirait plus rien. Il avait le cœur fatigué et ne supporterait pas un nouvel interrogatoire.

Clarence avait découvert et lu les feuilles du carnet du docteur, retourné le livre dans tous les sens avec le regard de l'habitude. Aucun microfilm n'était dissimulé dans la couverture. Aucune page non plus n'avait été arrachée. Il y avait peut-être eu une feuille volante à l'intérieur, un indice dans la cache du plancher, bref, quelque chose qui permettait d'aller plus loin. Si une telle chose existait, les gosses devaient l'avoir trouvée.

C'est pour cela qu'il avait ri tout à l'heure. De sa naïveté, bien sûr, et de la bonne blague de Barthélemy ! Mais aussi parce qu'il éprouvait de la joie à reprendre une chasse qui l'avait laissé sur sa faim. Ces gamins n'étaient pas du gibier ordinaire. Il y avait cette fille, Claire, qui avait enflammé Agustin à distance ; il l'avait vu de ses propres yeux ! Et puis surtout Violaine, qui voyait les écharpes de brume qui entourent les gens. Ces écharpes dont lui avait parlé le vieux des montagnes, il y a des années, en Afghanistan. Mais ce que le chaman ne lui avait pas dit – et qu'il ignorait peut-être – c'était que l'on pouvait manipuler ces écharpes. Le pouvoir de modifier le comportement des autres… C'était ça que Violaine avait fait à Matt, dans l'appartement, lorsqu'elle s'était jetée dans ses bras ! Il n'y avait pas d'autre explication. Cette fille était redoutable !

– Avant que j'oublie, dit Clarence à haute voix, la prochaine fois que nous rencontrerons les gosses, faites bien attention à la fille aux cheveux longs, celle qui s'est jetée dans les bras de Matt. Ne la laissez vous toucher sous aucun prétexte. C'est bien compris ?

Matt acquiesça sans poser de questions et Agustin grommela son assentiment. Le patron avait de l'instinct pour ces choses-là. Ses conseils leur avaient sauvé la vie plus d'une fois.

Clarence repartit dans ses pensées. Il ignorait ce dont les garçons étaient capables, mais il était sûr de ne pas être au bout de ses surprises. Le problème, dans l'immédiat, c'était de les retrouver. Ils ne commettraient pas une nouvelle fois l'erreur de se réfugier chez un ami. Non, c'étaient des fugueurs, ils allaient se terrer quelque part. Comme de jeunes renards effrayés, des bêtes blessées. Et puis, s'ils possédaient réellement des informations sur les documents du docteur, ils agiraient. Parce que ces documents étaient leur seule possibilité de dénouer la crise. Et là, ils commettraient fatalement une imprudence ! Lui, Clarence le loup, il serait en embuscade.

Il alluma son ordinateur et rédigea un message codé.

De Minos à Hydargos.

Difficultés imprévues. Perdu la main. Besoin des caméras de vidéosurveillance des gares parisiennes. Je t'envoie un scann des individus à identifier. J'attends de tes nouvelles.

La réponse ne tarda pas.

D'Hydargos à Minos.

Dis donc, vieux, tu vieillis ! Je rêve ou ce sont des photos de gosses que tu m'as envoyées ? J'espère que tu ne me fais pas marcher parce que mon sens de l'humour est encore à un stade embryonnaire. Je te tiens informé des résultats quand nous en aurons.

Clarence ne cacha pas son irritation. Il détestait Black quand il prenait ce ton condescendant. Pour qui se prenaient-ils, ces planqués qui ne connaissaient du monde que ce que leurs écrans voulaient bien leur montrer ? Le terrain était imprévisible, la réalité impossible à caler dans des grilles. Rien de pire que les bureaucrates !

Il se calma en s'imaginant au bar de l'hôtel, lisant son livre un verre à la main, dans l'attente d'un appel de Fort Meade.

Violaine entendit avec soulagement des voix dans le couloir. Ils étaient tous les quatre allés faire des courses pour équiper leur planque et s'étaient séparés en deux groupes, pour être moins visibles. Arthur et elle étaient rentrés depuis déjà un moment. La nuit venait de tomber, Violaine commençait à s'inquiéter pour Claire et Nicolas.

— Vous n'avez pas eu de problèmes ? leur demanda-t-elle en ouvrant la porte.

— Non, tout va bien, la rassura Claire qui sentit son trouble. On a juste eu du mal pour trouver certains trucs.

— Pratique, en tout cas, l'entrée par le parking, dit Nicolas. Les gens qu'on croise s'imaginent qu'on vient mettre nos courses dans la voiture des parents !

— Vous avez pensé aux caméras ? Il ne faut pas que les agents de surveillance s'étonnent de nous voir toujours dans le coin !

— On a fait attention de bien longer le mur, la tranquillisa Claire.

— Bon, dit Arthur devant le tas de nouvelles affaires qui trônait au centre de la pièce. On a les matelas…

– Ils ne sont pas bien gros, admit Nicolas, mais il fallait les transporter !

– Ce sera parfait. On mettra dessous les cartons qu'on a récupérés avec Violaine. Nous, on a trouvé le réchaud, des recharges de gaz, des casseroles, des gamelles, un jerrycan pour l'eau. On a fait aussi quelques courses.

– On installera la cuisine où ?

– Où tu veux, Nicolas, répondit Violaine en balayant la pièce d'un geste. Vous avez pensé au cylindre de rechange pour la serrure ?

– Oui, confirma Claire, on aura bientôt une porte qui ferme à clé.

– En plus, Claire a eu l'idée de prendre ça…

Nicolas sortit de son sac un autocollant qui arborait le pictogramme avertissant d'un danger électrique.

– Pour refroidir les curieux, ajouta-t-il en faisant un clin d'œil.

– À propos d'électricité, continua Arthur, j'espère que vous avez bien regardé la liste que je vous ai donnée. J'ai impérativement besoin de tout le matériel pour pirater la lampe de secours du couloir.

– Rassure-toi, on tient autant que toi à avoir le confort électrique dans notre nouvelle maison !

La boutade de Nicolas leur rappela abruptement qu'ils n'avaient désormais plus d'autre endroit que celui-là. Ils échangèrent un regard lourd de sens.

– Vous pensez qu'on va rester ici combien de temps ? osa demander Claire.

– Mais la vie entière ! Pourquoi, tu n'es pas bien ?

– On restera cachés le temps que ça se calme, là-haut,

répondit Violaine, émue, en ignorant la remarque de Nicolas.

– On pourra toujours aller emprunter des livres à la bibliothèque, si on s'ennuie, plaisanta encore le garçon.

– Le temps que ça se calme, dit Arthur en répondant à Violaine, ou bien le temps qu'on trouve une meilleure idée.

– C'est agréable de voir comme je n'intéresse personne !

À peine Nicolas avait-il dit ça que Violaine, exaspérée, se précipita sur lui avec une casserole qu'elle lui vissa sur la tête, tandis qu'Arthur lui fourrait un paquet de spaghettis dans la bouche et que Claire lui glissait une boîte de raviolis sous le pull et une banane dans la poche.

– Tiens, va donc installer la cuisine où tu veux !

– C'est malin, râla-t-il.

En ôtant la banane de sa poche, Nicolas sentit sous ses doigts un morceau de papier. Le morceau de papier qu'il avait ramassé l'autre soir en rangeant le salon chez Antoine. Il l'avait complètement oublié, celui-là ! Il le déplia à la lueur de sa torche et poussa un cri de surprise : c'était une lettre rédigée sur le papier à en-tête de la Clinique du Lac.

– Les gars, dit-il en tremblant d'excitation, j'ai trouvé quelque chose d'important.

Ils s'approchèrent, intrigués.

– C'est un papier que j'ai ramassé dans le salon, chez Antoine. Je pensais qu'il était tombé de l'une de vos poches. Mais je crois plutôt qu'il est tombé du livre quand on l'a feuilleté !

– Qu'est-ce qui est écrit ? Lis vite, allez !

– Il y a des phrases… C'est une énigme ! C'est l'écriture du Doc.

– Alors, tu vas essayer de la traduire tout seul ? s'impatienta Violaine.

Nicolas se mit à lire :

– *Se mettre en route reste le meilleur moyen de réfléchir calmement. Puisque je n'ai jamais eu le choix, ce choix je vous l'offre, un peu comme un bonus de quête ! Dans ma première rêvent les Hollandais. Mon deuxième va vous le faire payer. On priait et on buvait dans mon troisième. Mon tout est trompeur !*

Un silence accueillit la dernière phrase.

– C'est bien une énigme du Doc, je confirme, soupira Claire.

– Il a dû l'écrire rapidement, avant l'arrivée de ses ravisseurs dans la clinique.

– Pourquoi ? s'étonna Arthur. Pourquoi a-t-il fait ça ? Il ne pouvait pas savoir que nous allions la trouver. Ça n'a pas de sens !

– Au contraire, dit Violaine. C'est une manière de dire aux hommes venus l'enlever : « Je suis entre vos mains mais vous êtes malgré tout des idiots ! Et même si vous trouvez le livre, je vous mets au défi de découvrir la vérité ! Ainsi, je reste le plus fort. »

Ses amis l'observèrent, dubitatifs.

– En tout cas, c'est ce que j'aurais fait moi, continua t-elle.

– Au moment d'être enlevée, tu aurais pris la peine d'écrire une énigme débile ? lui demanda Arthur. C'est une blague ou quoi ?

— Peut-être pas une énigme, mais je les aurais défiés, s'entêta Violaine.

— On savait le Doc capable d'enfantillages, soupira Nicolas, mais là, il a franchement mis le paquet [1]

— C'est peut-être aussi pour ça, émit Claire, qu'on se sent proches de lui.

— Si cette énigme est destinée à ceux qui lui veulent du mal, dit Arthur en revenant au message, qui nous dit que c'est une vraie piste ?

— C'est une provocation, je vous dis, répéta Violaine. Puérile, tout ce que tu voudras, mais une provocation ! Le Doc les met au défi de comprendre et de trouver.

— Et son histoire de « bonus de quête », le choix qu'il dit offrir ?

— Je pense, dit Arthur, que le Doc veut nous pousser à réfléchir.

— Ah bravo ! ironisa Nicolas. Heureusement que tu es là !

— Je veux dire, réfléchir sur le sens même de la quête.

— Pas très clair, tout ça.

— Que fait-on alors ? Concrètement ?

— Ce qui était prévu : on s'installe et on prend le temps de réfléchir, comme le conseille le Doc.

— Je vais dire une bêtise, lança Nicolas, mais… est-ce que quelqu'un ici a déjà compris une énigme du Doc ?

Ils secouèrent la tête.

— Eh bien, soupira-t-il, mieux vaut s'installer, en effet.

Monsieur. Notre agent choisi pour l'opération Ézéchiel semble rencontrer des difficultés imprévues. Je vous avoue ma déception et surtout mon inquiétude. Minos est un homme de terrain redoutable, c'est même le meilleur. Mais il est imprévisible et surtout très indépendant. Ses explications sont difficiles à croire et touchent au grotesque : il serait désormais confronté à des enfants ! Minos a un sens de l'humour particulier que je comprends rarement. Je me demande s'il ne nous mène pas en bateau. Travaille-t-il pour quelqu'un d'autre ? Ce n'est pas à moi de répondre. Je me contente de vous communiquer des informations et quelques remarques. Hydargos.

Rien de changé, Hydargos. L'opération Ézéchiel continue. Le Grand Stratégaire.

(Échange de courriels entre le colonel Black et un correspondant anonyme, quelques minutes après le dernier message de Clarence.)

14

Argutiæ, arum, f. pl. : jeux d'esprit

Malheureusement nous, enfants de sylphe, de triton, de farfadet et de salamandre, nous ne sommes pas seuls à errer dans le monde des hommes. J'ai vu hier des monstres, des ennemis du Petit Peuple, et ça m'a terrifiée. Je ne sais comment j'ai eu le courage d'affronter le vampire, ni où la dompteuse de dragons a trouvé celui de combattre l'ogre ! Heureusement, nous avons pu fuir avant que le loup-garou ne pose sa main sur l'un d'entre nous. C'est terrible de se savoir seuls, de ne devoir compter que sur nous-mêmes. D'habitude, les parents prennent soin de leurs enfants. Mais qui sont nos parents ? De qui sommes-nous les enfants ? Et qui nous protégera quand nous serons à bout de forces ?...

Claire émergea la première du parking, tenant la main de Nicolas, heureuse de revoir le ciel et de sentir l'air du dehors. Malgré leur crainte encore vive des hommes qui les poursuivaient, ils avaient décidé de quitter le refuge souterrain. En dessous, les heures s'égrenaient, monotones, dans l'indifférence de l'obscurité.

Leur première nuit dans les sous-sols avait été bonne, même si Violaine s'était réveillée plusieurs fois en criant. La porte fermait à nouveau et leur avait permis de se barricader. Après un repas copieux et une discussion enlevée autour de l'énigme du Doc, ils avaient déplié leurs duvets et s'étaient endormis aussitôt. La pièce, grâce à son enfouissement, bénéficiait d'une température très supportable.

Quant à l'aération, encore efficace, elle supprimait les risques d'humidité. C'étaient des soucis en moins car Arthur les avait prévenus : ils ne pourraient pas brancher de chauffage sur le montage électrique qu'il avait bricolé !

La lumière du jour leur fit du bien à tous. Le ciel était gris mais ils s'en moquaient. Sans relâcher leur vigilance, guettant toujours la fameuse voiture noire, ils marchèrent un moment dans les rues, pour le simple plaisir de se dégourdir les jambes. Puis ils entrèrent dans le cybercafé que Violaine avait repéré la veille.

– Ça a du bon, la vie de fugitif, dit Nicolas avec un large sourire. On se lève quand on veut, on fait ce qu'on veut !

– Égoïste, rétorqua Claire. Pense plutôt à notre malheureux Doc, enfermé quelque part, peut-être brutalisé.

Nicolas baissa la tête, bougon. Ce n'était pas la peine de le rabrouer comme ça, tout le temps. Il essayait seulement de dédramatiser des événements qui n'étaient pas très rigolos. Si personne n'y mettait du sien, l'ambiance deviendrait vite insupportable !

La main de Violaine sur son épaule, Claire approcha sa chaise de l'un des ordinateurs. À cette heure-ci, les étudiants ne se bousculaient pas devant les écrans. Prenant sur lui et renonçant à son envie de bouder, Nicolas les rejoignit. Arthur, lui, resta prudemment assis à la table. Il ne voulait pas être submergé par toutes les informations qui allaient défiler sous les yeux de ses amis.

Claire entra le code du jour que le serveur lui cria depuis le comptoir : H2O. Puis elle lança un moteur de recherche autour des mots « rêve » et « hollandais ». Elle fut aussitôt noyée sous les références.

— Je m'en doutais un peu, soupira-t-elle.

— Un ordinateur est logique mais bête. Il ne sera pas intelligent à notre place, dit Violaine. Commençons par lui mâcher le travail. Qu'est-ce qu'on avait trouvé, hier ?

— Que le Doc lui aussi avait sa propre logique, et que ses énigmes n'étaient jamais de vraies énigmes ! se moqua Nicolas.

— Donc ?

— *Dans ma première rêvent les Hollandais* : on a dit que ça pouvait être un endroit. Un endroit où les Hollandais rêvent.

— Ou bien un endroit que les Hollandais apprécient au point d'en rêver.

144

– Un endroit au féminin. Bon, cherchons une région du monde que les Hollandais aiment bien.

Claire lança la recherche.

– Les Hollandais apprécient tout particulièrement la France, annonça-t-elle.

– La France est la première destination touristique mondiale, commenta Arthur depuis la table.

Claire essaya d'affiner la recherche. Elle dénicha un site recensant les départements les plus fréquentés par les touristes étrangers, par nationalités.

– Ça se précise mais on en est encore loin. Il y a beaucoup de possibilités.

– Cette phrase doit cacher autre chose, dit Violaine en réfléchissant à voix haute. Le Doc est tordu, c'est le genre à glisser deux indications en une seule.

– Il faut peut-être chercher autour du mot « rêve », proposa Arthur.

– Bonne idée. Claire, regarde déjà comment on dit « rêve » en hollandais.

La fille pianota sur le clavier. Le résultat ne se fit pas attendre.

– « Rêve » se traduit par « Droom ».

– Maintenant, continua Violaine qui sentait qu'elle était sur la bonne voie, compare ce mot avec les noms féminins des régions que tu as trouvées.

Claire poussa une exclamation.

– Drôme ! C'est un département, dans le Sud-Est, très fréquenté par les Hollandais.

– Le Doc est prévisible, triompha Violaine.

– Bon, mais ça reste grand, la Drôme, objecta Nicolas.

– *Mon deuxième va vous le faire payer. On priait et on buvait dans mon troisième.* Il faut commencer par le troisième, proposa Claire. Le deuxième est plus abstrait.

– *On priait* : ce pourrait être une église ou un bâtiment religieux, dit Violaine.

– Désaffecté, précisa Arthur, puisque c'est au passé.

– Oui mais : *on buvait* ? Une église qui serait aussi un café, c'est étrange ! s'étonna Claire.

– Qui parle de café ? Les prêtres boivent du vin en célébrant la messe, rappela Arthur.

– Dans un autre ordre d'idées, on peut aussi boire dans un café tout en priant que les verres se remplissent tout seuls, dit Nicolas.

Même s'il exagérait, Nicolas n'avait pas tort. Ils séchaient.

– Je suis sûr que la clé réside dans la deuxième partie de l'énigme, dit Violaine.

– Et le *tout* ? demanda Claire.

– Une bêtise du Doc, à mon avis, répondit son amie. Trompeuse, comme lui ! Concentrons-nous plutôt sur les trois premiers indices.

– On pourrait déjà aller acheter une carte de la Drôme et réfléchir en marchant, dit Arthur.

– Bonne idée, approuva Violaine. Mais avant, Claire, cherche une liste des bâtiments religieux anciens de la Drôme. Je sens bien cette piste. Je vais demander si on peut l'imprimer quelque part.

Puis ils sortirent et se mirent à la recherche d'une librairie.

– Tu ne trouves pas qu'on fait très couple ? dit Nicolas qui tenait la main de Claire.

– On dirait plutôt une grande sœur promenant son petit frère, dit Arthur avec un sourire.

Nicolas lui jeta un regard noir.

Ils ne trouvèrent aucune carte dans les librairies du quartier.

Ils dénichèrent seulement un guide touristique de la Drôme.

– C'est déjà ça, grommela Nicolas.

Arthur continuait à réfléchir.

– *Mon deuxième va vous le faire payer.* Je vois deux sens : vous allez le regretter, et vous allez mettre la main à la poche. Mais ça ne nous avance pas à grand-chose !

– Violaine a vu juste, tout à l'heure, dit Claire. Le Doc aime les jeux de mots débiles. Peut-être qu'il ne faut pas chercher un sens à cette phrase mais aux mots qu'il y a dedans.

– C'est quoi les autres mots pour « payer » ? interrogea Violaine.

– Acquitter, défrayer, financer, indemniser, récompenser, régler, rétribuer, verser…

– Stop, Arthur, on ne va nulle part.

– En argot, il y a des mots plus expressifs : casquer, cracher, raquer.

– Paie ! Défraie ! Crache ! Raque ! s'amusa Nicolas.

– C'est déjà une piste, reconnut Violaine : est-ce qu'il y a des noms de lieux dans la Drôme qui contiennent des allusions à « payer » et à ses synonymes ?

Arthur prit le guide touristique et feuilleta le lexique.

— Il y a un Bourg-de-Péage, un Saint-Restitut, un Aleyrac, tiens, aussi un Saou, ce n'est pas exactement comme « payer » mais c'est drôle !

— Attends, l'arrêta Nicolas, tu as dit quoi juste avant Sou ?

— Saou. J'ai dit Bourg-de-Péage pour « payer », Saint-Restitut pour « restituer », Aleyrac pour « raquer »…

— Voilà, jubila Nicolas, c'est ça ! Aleyrac ! *Mon deuxième va vous le faire payer* : « Allez, raque ! », Aleyrac ! Tu avais raison, Claire, c'est bien un jeu de mots du Doc.

— Arthur, vérifie s'il y a une église désaffectée à Aleyrac, dit Violaine.

— Aleyrac… Voilà, j'y suis. Effectivement, il y a les ruines d'une église et… Écoutez ça : « Un personnage rendit tristement célèbre le village pendant la Révolution française : Jean-Joseph Reymond, curé d'Aleyrac, brigand et détrousseur, qui contribua à répandre la Terreur blanche dans la Drôme… »

— Plus de doute, cette fois. Mon deuxième, qui vous le fera payer dans tous les sens du terme, est bien Aleyrac !

— Bon, dit Violaine en rompant le silence qui avait accompagné le commentaire de Nicolas, rien n'est perdu pour le Doc. On peut reprendre la main. Qui est pour un voyage dans la Drôme ?

— Tout le monde, bien sûr ! répondit Claire.

— La gare la plus proche d'Aleyrac est Montélimar, continua Arthur qui feuilletait le guide. Il faut prendre le train à la gare de Lyon. On a de la chance, c'est tout près de la planque, à pied. Pas besoin de prendre le métro, ajouta-t-il, ravi.

– Très bien, dit Violaine. Je propose que l'on repasse par le cybercafé pour consulter les horaires puis qu'on aille prendre nos affaires.

– On abandonne notre studio grand luxe ? C'est dommage, on commençait à y être bien !

– On n'abandonne rien, Nicolas, le reprit Violaine. On a enfin un chez-nous, on ne le quittera pas comme ça ! Non on part juste en vacances.

Une icône en forme de tête de loup clignota sur l'ordinateur et une sonnerie de chasse à courre retentit, tirant Clarence du fauteuil où il lisait. La chambre qu'il occupait au Plaza comportait un beau salon et offrait une vue agréable sur le jardin. Matt et Agustin, eux, dans la pièce voisine, avaient préféré le côté rue. Pour regarder les filles passer sur le trottoir ? « À chacun ses occupations », pensa Clarence en s'asseyant devant la table qu'il avait transformée en bureau et en ouvrant sa messagerie.

Mon cher Minos. Nous avons retrouvé tes garnements à la gare de Lyon. Je t'envoie l'enregistrement des caméras de vidéosurveillance. Fais attention à toi, ils ont l'air redoutables ! Ah ah ! Hydargos.

– Imbécile, dit-il à voix haute.

Mais peu importaient les sarcasmes de Black. Il les avait retrouvés, c'était tout ce qui comptait. Et cette fois, il ne s'était pas trompé : les jeunes renards avaient commis une imprudence. Pas une erreur, non. Sans l'aide de

Black, ils lui seraient passés sous le nez. Juste une imprudence.

Il laissa l'ordinateur télécharger les fichiers que lui envoyait Fort Meade et entra sans frapper dans la pièce voisine. Ses deux complices disputaient une partie de cartes, devant la télé allumée.

– Agustin, Matt. On les a ! Préparez-vous et rejoignez-moi.

Matt se leva d'un bond et commença à fourrer ses affaires en vrac dans son sac. Agustin soupira. Pour une fois qu'il gagnait ! Il rangea les cartes avant de sortir ses chemises de la penderie. En les pliant pour les ranger dans sa valise, il se surprit à détester ces gosses. Puis il alla encore s'observer dans le miroir de la salle de bains. Les brûlures reçues la veille n'étaient plus qu'un mauvais souvenir. Tant mieux. S'il avait conservé des traces, il aurait saigné la gamine à leur prochaine rencontre, sans lui laisser, cette fois, le temps de le surprendre.

De retour dans sa chambre, Clarence constata avec satisfaction que les téléchargements étaient terminés. Il lança le premier enregistrement des caméras de surveillance. Claire et Violaine faisaient la queue devant un guichet, puis achetaient quatre billets. Elles jetaient des regards fréquents tout autour, comme si elles craignaient d'être remarquées.

– Vous ne regardez pas au bon endroit, les filles, murmura Clarence.

Il repéra le guichet en question. Agustin arracherait à l'employé toutes les informations nécessaires. Puis il visionna le deuxième film. On y voyait la petite bande, sac au dos, se diriger vers un TGV au milieu d'un groupe scolaire.

– C'est bien d'être prudents, continua-t-il. Mais c'est trop tard.

Enfin, il lança le troisième film. Arthur dormait sur les sacs à dos. Clarence vérifia l'heure de l'enregistrement : au même moment, les filles achetaient les billets. Puis il vit Nicolas devant un distributeur de nourriture duquel il tirait un gros paquet de barres chocolatées. Clarence en reconnut la marque, américaine.

– Deuxième imprudence ! triompha Clarence.

Sans perdre un instant, il ouvrit le logiciel de cryptage qu'ils étaient quelques-uns seulement à posséder dans le monde, et écrivit à Black.

Merci pour ta promptitude, Hydargos. Y a pas à dire, t'es un pro à ta façon ! J'aurais besoin d'un autre coup de main. Il me faudrait les codes d'émission des puces RFID contenues dans les paquets de barres chocolatées que distribuent les automates du hall principal de Paris-Gare de Lyon (caractéristiques ci-jointes). Un jeu d'enfant, pour toi, non ? Minos.

La réponse mit quelque temps à lui parvenir. Matt et Agustin attendaient à la porte, prêts à partir.

Mon vieux Minos. On ne sait jamais avec toi quelle est la part de la flatterie et celle de la moquerie dans tes compliments ! Pour tes codes, je fais le nécessaire. Tu sais bien que nos entreprises n'ont rien à nous refuser. Tu auras ça en urgence prioritaire. Ah, une dernière chose : le Grand Stratégaire trouve que tu commences à nous coûter cher en temps et en argent, pour des résultats décevants. Je ne

saurais trop te conseiller de boucler rapidement l'opéra-
tion. Hydargos.

Un sourire naquit sur les lèvres de Clarence. Black bluffait, il le savait. Le Grand Stratégaire se moquait bien de ce qu'ils pouvaient coûter au contribuable américain ! Il éteignit l'ordinateur et le rangea dans son sac.

– On y va, les enfants !

Il se sentait d'humeur joyeuse.

Sous le prétexte de la sécurité, les caméras de surveillance se multiplient dans les villes. Installées dans les gares, le métro, devant les magasins, les immeubles et les édifices, elles forment un nouveau réseau auquel il est difficile d'échapper. À ces caméras s'ajoutent les appareils photo des radars automatiques sur les routes qui peuvent parfaitement être utilisés pour une identification systématique des conducteurs.

L'identification des individus à partir de caméras a été rendue possible grâce à la mise au point de logiciels de reconnaissance des visages. Le logiciel est également capable de scanner simultanément de multiples visages sur l'image d'une foule en mouvement. Ainsi, le processus de surveillance peut être entièrement automatisé et donc systématisé. Et l'on peut légitimement se demander qui a accès aux ordinateurs contrôlant ces systèmes de surveillance.

Mais il y a plus étonnant encore : des puces électroniques sont incorporées par les multinationales dans certains de leurs produits pour en assurer la traçabilité, pendant leur distribution mais aussi après leur achat. Ce sont les puces RFID. Identifiées au moment du passage à la caisse, elles peuvent être associées à la carte ou au chèque de l'acheteur, et donc à son identité. Des rasoirs jetables, des paquets de biscuits ou bien des couches se transforment alors en redoutables mouchards ! Inventées par les Français, rachetées par les Américains, elles sont fabriquées par une société portant le nom de Matriks. Les puces RFID mesurent moins d'1 millimètre, ont une mémoire d'1 kbit et leur antenne émet dans la bande de fréquence des 2,5 GHz...

(Extrait du livre *Le Monde sous surveillance*, par Phil Riverton.)

15
Esse in via : être en route

L'eau. J'aime l'eau comme on aime une amie, non, comme une mère. Une mère caressante, apaisante, rassurante, chuchotant des mots que l'on entend les yeux fermés. J'aime l'entendre couler, une fontaine, un ruisseau. Je l'aime en pluie, dehors dans l'herbe ou bien dedans, à la fenêtre. J'aime la sentir ruisseler sur ma tête quand je prends une douche. Tic tic tic, rien d'autre ne compte, mon cerveau se repose enfin ! J'aime me laisser couler, dans un bain, le nez dépassant seul. Le silence touche alors à une profondeur inégalée…

Arthur, Claire, Violaine et Nicolas descendirent du train sous un ciel limpide. L'air était frais mais pas froid, et le soleil radieux au-dessus de leurs têtes semblait leur souhaiter la bienvenue.

– Il faut trouver une épicerie ouverte, dit Arthur. Et prendre de quoi tenir quelques jours. Aleyrac, ça a l'air plutôt paumé.

L'attente dans la gare à Paris avait été un cauchemar pour lui. Tous les bruits, tous les mouvements du monde semblaient s'être donné rendez-vous sous le hall métallique !

Pendant que les autres s'occupaient du voyage, il s'était assis sur son sac et avait fait semblant de dormir, enfouissant son visage dans ses bras pour échapper à l'entêtant brouhaha. Heureusement, Nicolas avait eu l'idée géniale de revenir avec un « nécessaire-à-dodo », comme il l'avait appelé. Pendant le trajet, il avait pu se coller un bandeau sur les yeux et des bouchons de mousse dans les oreilles. Grâce à quoi il se sentait maintenant presque reposé.

— Si on pouvait éviter les raviolis qu'on a mangés hier, soupira Nicolas.

— Tout ce que vous voudrez, dit Violaine, mais il ne faut pas oublier les allumettes et les bougies.

Suivant les indications de l'homme à la casquette interrogé sur le quai, ils sortirent de la petite gare, traversèrent la route et s'engagèrent dans un parc en direction du centre-ville.

— Ils ont pris des billets pour Montélimar, dans la Drôme, dit Agustin en montant dans le véhicule garé en double file devant la gare de Lyon. C'est à trois heures, en TGV.

— Et six heures en voiture, répondit Clarence en consultant le GPS. Ne perdons pas de temps.

Matt démarra aussitôt et prit la direction du périphérique.

155

Clarence sortit un livre de l'une des poches de sa veste et se cala dans le siège en cuir. Il emportait, pour chacune des missions qu'il acceptait, un seul ouvrage avec lui, choisi sur l'unique rayonnage de sa bibliothèque. Un rayonnage qui rassemblait ce qui lui paraissait essentiel en termes d'essais et de littérature. Il avait opté cette fois pour Takuan, un poète japonais du XVIe siècle. Il aimait Takuan pour son insolence salutaire et la fulgurance de ses haïkus. Nets, propres, tranchants comme la lame d'un sabre.

– Tu viens, Claire ?

Claire était tombée en arrêt devant une statue dressée à l'entrée du parc. Elle représentait une femme vêtue à l'antique, dont l'écharpe semblait voler dans le vent. Une inscription sur le socle indiquait seulement : « L'air »

– Elle est très belle, murmura Claire, émue.

Sa vraie mère, la sylphide, pas celle qui l'avait abandonnée dans la clinique, ressemblait-elle à la dame de pierre ?

– Allez, dit doucement Nicolas en la tirant par la main, il faut y aller.

L'icône à tête de loup clignota sur l'écran d'ordinateur. Fort Meade envoyait les codes d'accès aux puces RFID des barres chocolatées. La voiture roulait à vive allure sur l'autoroute, heureusement peu fréquentée. Clarence activa aussitôt la puissante antenne dissimulée sur le toit, dans un renflement de la carrosserie. Il tapa tous les codes sur son clavier. L'ordinateur prit quelques minutes pour digérer puis traiter les informations. Heureusement, le fabricant des barres avait eu l'obligeance de cibler sa liste en fonction des renseignements fournis par Clarence. Plusieurs paquets faisaient route vers le sud, mais un seul s'était arrêté à Montélimar. Clarence sélectionna son code spécifique. Les barres de chocolat en possession des fugitifs apparaissaient désormais comme un point rouge sur le fond de carte de l'écran.

— C'est magique, commenta simplement Clarence qui, s'il en maîtrisait parfaitement les outils, avait depuis longtemps renoncé à comprendre l'informatique.

Il émit un grognement de satisfaction. Black l'avait averti deux heures seulement après le départ des gosses. Il leur avait fallu une heure pour se préparer et obtenir les dernières informations. Ils avaient donc six heures de retard sur eux, cinq peut-être s'ils continuaient à rouler comme ça. C'était un temps de réaction tout à fait honorable.

La petite bande avait décidé de continuer le trajet en bus. Violaine avait décrété que, puisqu'ils n'étaient plus pressés par rien ni par personne, elle ne voulait pas s'attaquer à un pauvre conducteur. Pour la première fois de leur vie, ils se sentaient en vacances. Ils flânèrent donc tranquillement. Ils prirent même le temps de se disputer dans l'épicerie au sujet des courses. Finalement, ils pique-niquèrent sur un banc du parc.

– On ne devrait pas trop traîner, quand même, dit Arthur. Ce serait idiot de rater le bus. Surtout qu'il nous reste un bon bout de chemin à faire à pied, après.

Ils avaient enfin trouvé une carte détaillée de la région. Aucun bus n'allait jusqu'à Aleyrac. Ils devraient s'arrêter à La Bégude-de-Mazenc et continuer à pied, le long d'une route sinueuse.

Nicolas soupira. La perspective de marcher à nouveau ne l'enchantait guère.

– Avec un peu de chance, on pourra faire du stop, je veux dire du vrai stop, dit Violaine en réponse à ce soupir.

– Le bus nous déposera à La Bégude vers 16 heures. Aleyrac est à sept kilomètres. Si on ne trouve personne pour nous prendre, on y sera vers 18 heures. Il fera presque nuit.

– Ce n'est pas grave, Arthur, relativisa Claire. On plantera la tente et on commencera les recherches demain.

– C'est vrai qu'on a une tente, dit Nicolas. Ça sera la première fois que je dormirai sous une tente !

– Moi aussi, ajouta Violaine. Arthur et Claire également, j'imagine. Bon sang, c'est à se demander ce qu'on a fait de notre vie pendant quatorze ans !

– On a survécu, ma vieille, dit Arthur. Juste survécu.

Le bus les déposa comme prévu sur la place tout en longueur de La Bégude-de-Mazenc. Un panneau au carrefour indiquait Aleyrac à droite, en direction des collines et de la forêt.

— Courage ! lança Violaine en ajustant son sac sur les épaules.

Ils marchèrent au bord d'une interminable ligne droite puis attaquèrent la montée en lacet.

— Pas très fréquentée, la route, constata Claire qui se serait elle aussi volontiers laissé tenter par de l'auto-stop.

— Ne te plains pas, marcher, c'est excellent pour la ligne !

— Très drôle, Nicolas.

Elle exhala un soupir. Pour ses amis, c'était évident : il suffisait de la prendre par la main pour qu'elle avance. Mais ce n'était pas si simple. Le monde ne devenait pas normal comme ça, parce qu'on avait la gentillesse de lui tendre la main ! Elle calquait son rythme sur celui de ses amis, c'était tout. Pour le reste, elle continuait à se mouvoir dans un tunnel, au milieu d'un environnement flou. Ce n'était ni facile ni agréable. C'était comme ça, voilà tout, et ça le resterait jusqu'à ce qu'elle parvienne à maîtriser son espace et à bouger toute seule. Un jour, quand elle serait prête.

Ils s'arrêtèrent plus loin pour souffler.

— J'ai des barres de chocolat dans mon sac, proposa Nicolas.

— Bonne idée, ça va nous requinquer, dit Violaine.

Ils grignotèrent en silence.

— D'après la carte, on a fait les deux tiers du chemin.

Cette annonce d'Arthur les revigora autant que le chocolat. Ils se remirent en route. Le soleil disparut alors qu'ils arrivaient en vue d'un village minuscule, au milieu des prés. Ils marchaient moins vite que prévu.

— C'est notre église ? demanda Nicolas en désignant un bâtiment.

— Non, répondit Arthur. Il faut encore faire un ou deux kilomètres. Ça, c'est le village d'Aleyrac. Une chapelle, une mairie et… une cabine téléphonique !

— Deux kilomètres encore ? soupira Nicolas en plongeant la main dans sa poche. Zut, il ne reste plus qu'une barre. Quelqu'un en veut aussi ?

Nicolas partagea le chocolat avec Claire puis ramassa les papiers de chacun et chercha une poubelle pour les jeter.

— En route, dit-il ensuite avec un air malheureux, puisqu'il faut y aller…

Ils parvinrent à un col, laissèrent sur la gauche une ferme puis quittèrent la route principale pour un chemin goudronné.

La lune ne tarda pas à faire son apparition. Elle était pleine et brillait dans le ciel sans nuages. Ils n'eurent pas besoin de sortir les lampes. En revanche, ils enfilèrent leur blouson. Le froid s'était intensifié.

— Il faut prendre à droite, dit Arthur devant une nouvelle intersection. L'église que l'on cherche est au fond du vallon.

Ils traversèrent un paysage de buis et de chênes. Le bruit des semelles résonnait sur le goudron dans le silence qu'avait apporté la nuit. De temps en temps, l'un d'eux dérapait sur les graviers et brisait la régularité de leur progression. Enfin, la silhouette de l'église surgit en contrebas, au détour d'un virage.

C'était un étrange bâtiment. Il était trop gros pour le

vallon qu'il remplissait, ou plutôt, qu'il barrait complètement. Ce n'étaient plus que des ruines grises, des murs massifs surplombés par un ancien clocher. L'édifice était flanqué d'un cimetière au sud et d'un petit champ de chênes truffiers au nord ; il tournait le dos à la pente et aux buissons, et avait le nez dans un ruisseau.

– Waouh ! dit simplement Nicolas en frissonnant, résumant ce qu'ils pensaient tous.

Éclairée par la lune, la vieille église était à la fois magnifique et menaçante.

La puissante voiture noire s'arrêta sur le bord de la route en faisant crisser les gravillons.

– Ils devraient être là, dit Clarence en vérifiant l'écran de son ordinateur.

Agustin se glissa hors de la voiture, souple et silencieux comme un chat. Il tenait à la main un pistolet-mitrailleur. Il avait décidé de ne prendre aucun risque. Et puis, si les mômes se montraient nerveux, son doigt pouvait très bien glisser et mettre un terme à cette affaire qui commençait à s'éterniser ! Agustin contourna l'église, dos au mur. La porte était fermée. D'un bond, il gagna le bâtiment abritant la mairie, s'effaçant dans l'ombre. La lune éclairait tout comme en plein jour. Son inspection terminée, il revint à la voiture.

– Ils ne sont pas là, chef.

Clarence sortit à son tour. Non, ils n'étaient pas là, ils n'avaient aucune raison d'être là. Pourtant, la puce RFID était formelle ! Clarence remarqua une poubelle. Il s'en approcha et souleva le couvercle.

– Agustin, je les ai trouvés, dit-il en agitant sous son nez un emballage vide.

– Aïe ! Ça n'arrange pas nos affaires.

– Ils sont passés par ici, c'est au moins une certitude. Il y a une ou deux heures selon mes calculs, pas plus.

– On en fait du chemin en deux heures, chef.

Clarence ne répondit rien. Il retourna à la voiture, prit une lampe torche et déplia une carte sur le capot.

– Nous sommes là, dit-il en montrant Aleyrac du doigt. En deux heures, à pied, ils auront fait quatre ou cinq kilomètres. Ils sont fatigués.

– Comment vous le savez, boss ? demanda Matt qui était resté au volant.

– Ils ont mangé leurs barres de chocolat pour reprendre des forces.

– Et s'ils avaient fait du stop ?

– Tu as vu beaucoup de voitures, Agustin, depuis que nous avons quitté La Bégude-de-machin ?

Agustin secoua la tête. Clarence sortit d'une petite trousse un compas d'écolier.

– Cinq kilomètres. Voilà le secteur à fouiller, dit-il en traçant un cercle autour d'Aleyrac.

– Ça fait beaucoup. Surtout s'ils sont allés dans les bois.

– Ils ne sont pas allés dans les bois. Réfléchissons un peu, messieurs : pourquoi sont-ils venus ici ? Parce que notre bon docteur les y a envoyés. Et pourquoi les a-t-il envoyés ici ?

Matt et Agustin firent signe qu'ils n'en savaient rien.

– Il faut toujours prendre le temps de lire les dossiers

des gens. Si vous aviez lu celui de Barthélemy, vous auriez su qu'il a passé son enfance dans la région. Vous auriez alors eu un début d'explication sur la raison de notre présence dans ce coin perdu.

Matt baissa les yeux comme un gosse pris en faute. Agustin, lui, serra imperceptiblement les mâchoires. Il détestait par-dessus tout quand le patron leur rappelait qu'il était le cerveau du groupe et qu'ils n'étaient, eux, que de simples et stupides exécutants !

— Vous auriez également appris que Barthélemy a fait un an de séminaire avant d'obliquer vers la psychologie. Notre docteur voulait devenir prêtre ! Or qu'avons-nous sur la carte ? Nous avons une église en ruine ici, et une chapelle là.

Les deux gorilles manifestèrent leur incompréhension.

— Bref, je me demande pourquoi je vous parle. Enfin, sachez qu'à mon avis nos renardeaux sont certainement en ce moment même à la combe de l'église ou à la chapelle du hameau des Citelles. Nous allons commencer par l'église, c'est plus près.

Violaine s'avança vers l'église, suivie des autres. Ils pénétrèrent dans les ruines par une poterne sur le flanc nord. Le bâtiment, bien que privé de voûte, avait gardé sa majesté.

— Vous avez vu ça ? s'exclama Nicolas en s'approchant de la première travée, sous le mur-clocher.

Un vide séparait l'église de sa façade. Sous leurs pieds, quelques mètres plus bas, une source jaillissait de la roche et gagnait le lit du ruisseau en se faufilant au milieu des pierres tombées des murs alentour. Une porte basse, à l'extérieur, permettait d'accéder à l'ancienne crypte.

– Il devait y avoir un plancher, avant.

– C'est étonnant, cette source qui coule dans une église.

– Ça y est, dit Arthur en se tapant le front, j'ai compris : *On priait et on buvait dans mon troisième.* Le Doc ne parlait pas d'alcool ! Il parlait d'eau ! Dans ce prieuré, on priait, mais on buvait aussi l'eau de la source. Le guide parle d'une source miraculeuse ! Je ne pensais pas qu'elle coulait carrément dans l'église…

– On descend ? s'impatienta Violaine. Avec la lune, on y voit suffisamment pour commencer tout de suite des recherches.

Ils furent stoppés net dans leur élan. Le bruit d'un moteur de voiture emplit brusquement la nuit.

Les buissons frémissent
La lune caresse la terre
Un loup part en chasse

(Haïku tiré du recueil *Vent frais lune claire,* par le poète Takuan.)

16

Fons, fontis, m. : source

Je me rappelle. C'était une fois, une fois d'avant. D'avant la clinique. On était allés marcher, avec mes parents. J'avais mon petit sac sur le dos, avec dedans une bouteille d'eau et mon casse-croûte pour midi. J'étais fier ! On a grimpé un sentier plein de pierres puis on est descendus vers une rivière. C'est là que ça s'est gâté. Quand il a fallu traverser le pont. J'étais le dernier à passer, je me suis engagé courageusement sur les planches de la passerelle. Et puis je n'ai plus vu le bois. J'ai vu une couche brunâtre, mince, trop mince, et en dessous une masse bleue qui grondait, terrible. Je suis tombé à genoux et j'ai sangloté. C'est papa qui a dû me porter dans ses bras pour me faire traverser. Jamais je n'oublierai le regard qu'ils se sont échangé, maman et lui, à cette occasion. C'était un regard inquiet. Un regard effrayé...

Nicolas sentit les regards de Violaine, de Claire et d'Arthur se poser sur lui.

– Tu vois quelque chose ?

Le garçon avait gardé ses lunettes noires. Pour lui, la luminosité de la lune était aveuglante. D'un geste décidé, il les ôta et concentra son attention en direction de la route.

– Je ne vois rien.

C'était exact. Malgré ses efforts, sa vision refusait de se brouiller et de lui ouvrir le monde des simples couleurs.

– En fait, précisa-t-il, je n'arrive pas à voir.

Et cela l'agaçait prodigieusement. Il était bien obligé de constater sa totale ignorance du mécanisme qui lui permettait de passer d'une vision à l'autre ! Il avait le sentiment d'être non pas le maître, comme il l'avait espéré, mais le jouet de son anormalité. Plus grave : il faisait faux bond à ses amis à un moment important où ils avaient besoin de lui. Il n'était pas seulement impuissant : il n'était pas fiable. C'était dur à encaisser.

Le bruit du moteur se fit plus présent. Cette fois, le doute n'était pas permis : une voiture descendait le chemin de l'église.

– On s'en va, dit Violaine.

– Où ça ? demanda Nicolas qui se frottait les yeux.

– Dans les buissons, derrière l'église. Pas la peine d'aller trop loin si c'est une fausse alerte.

– Tu penses que ça pourrait être eux ? s'inquiéta Claire.

Arthur était abasourdi.

– Ils n'ont aucune raison d'être là ! C'est le livre qu'ils cherchaient. Comment ils auraient pu savoir pour le papier du Doc ?

– Ils lui ont peut-être fait avouer…

– Oui, eh bien, on réfléchira aussi bien de là-haut ! les pressa Violaine.

Ils se glissèrent dans le cimetière, cachés de la route par ses murs. Déjà, le faisceau blanc des phares effaçait l'ombre des chênes. Ils coururent se réfugier en hauteur, derrière l'église, jetant leurs sacs et s'aplatissant au milieu des buis. Une grosse voiture noire se gara dans le petit champ. Les portières claquèrent. Trois hommes en descendirent et se dirigèrent vers les ruines. Le premier boitait.

– Ce sont bien eux, gémit Nicolas. C'est un cauchemar !

– L'ogre, le vampire et le loup-garou, murmura Claire d'une voix mal assurée.

– Quel imbécile ! s'exclama soudain Arthur. J'ai oubli… j'ai laissé la carte là-bas ! S'ils la trouvent, ils sauront qu'on est ici et ils fouilleront partout.

– Tu l'as laissée où ? demanda Violaine, qui avait pâli.

– Sur une pierre, à l'aplomb de la source.

– Ils la verront. C'est foutu…

Arthur resta muet. Il avait oublié la carte. C'était dingue. Obnubilé par cette mystérieuse voiture, son cerveau avait dédaigné une information. Comme n'importe quel cerveau. Qu'est-ce que ça voulait dire ? Était-ce un bug de plus ou bien le signe que sa mémoire était capable de fonctionner plus normalement ? Il n'eut pas le temps de s'interroger davantage. À côté de lui, Claire se redressa d'un coup.

– J'y vais, dit-elle.

Avant que ses amis aient eu le temps de la retenir, elle était partie. *Un pas*, le mur du cimetière. *Deux pas*, la porte sud de l'église. *Trois pas*, la pierre où Arthur avait laissé la carte. Claire tituba un moment au bord du vide. Un peu plus et elle se serait retrouvée dans le vide, battant des jambes comme un personnage de dessin animé, avant de s'écraser trois mètres plus bas. Et de se faire mal. Elle n'était pas tout à fait au point… Les trois hommes pénétrèrent à leur tour dans l'église.

Il y eut un flottement.

– Qu'est-ce qui se passe ? Agustin ?

Agustin balayait la nuit avec le faisceau de sa lampe.

– Je ne sais pas, Matt. Il m'a semblé…

– Regardez s'il y a des traces ou d'autres indices, commanda Clarence qui ne se faisait aucune illusion. Sinon, on part à la chapelle.

L'église avait surgi sous les phares de la voiture alors qu'il ne s'y attendait pas. Le GPS s'était avéré imprécis. Après tout, ça lui apprendrait à utiliser la technologie plutôt qu'une bonne vieille carte ! Maintenant, avec le bruit du moteur et la lumière des phares, les gosses avaient largement eu le temps de s'enfuir s'ils s'étaient trouvés là. Même s'il suffisait parfois d'une empreinte, d'un bruit suspect, d'effluves dans l'air frais de la nuit…

Laissant Matt et le patron fureter dans les ruines, Agustin pénétra dans le cimetière, sa torche dans une main, son arme dans l'autre. Tous ses sens étaient aux aguets. Il était sûr d'avoir aperçu quelque chose tout à l'heure. Quelque chose de fugace, comme un courant d'air. Une étoffe légère avalée par le vent. Il se retourna, rapide comme un serpent. Le même phénomène venait de se produire derrière lui, il en était sûr. Mais sa lampe n'éclairait que des ombres.

— Agustin, tu deviens fou, comme ce pauvre Matt, se dit-il à lui-même à voix haute.

Il rebroussa chemin.

Le cœur de Claire cognait dans sa poitrine. Lorsque les hommes étaient entrés dans l'église, elle avait trouvé dans sa peur la force de réagir. Elle avait saisi la carte, fait un bond de *vingt mètres* en direction du cimetière et s'était abritée derrière une pierre tombale. Mais dans sa précipitation, elle avait froissé l'air un peu fort et le vampire s'en était aperçu. Le vampire l'avait suivie dans le cimetière. Tétanisée par cette même peur qui l'avait sauvée, elle s'était attendue à ce qu'il appelle à son aide les morts vivants. Les yeux exorbités, elle avait regardé le sol comme s'il allait s'ouvrir et laisser le passage à un zombie. Elle ne l'avait pas supporté et s'était enfuie en enjambant la tombe. *En enjambant le cimetière.*

Elle entendit quelqu'un ramper dans son dos.

— Claire, ça va ?

Elle ferma les yeux et soupira de soulagement. C'était Violaine, venue à sa rencontre.

— Ça va. J'ai la carte, murmura-t-elle.

Elles se prirent la main et regagnèrent l'abri des buissons.

— Rien, boss. Pas de trace.

— Pareil. Le sol est froid, il ne marque pas.

— Nous aurons peut-être plus de chance à la chapelle des Citelles, conclut Clarence.

Soudain, il huma l'air. Il fit signe à ses acolytes de ne pas bouger. Son regard fouilla l'obscurité en direction de la colline. Cachés dans les buis, les quatre amis retinrent leur respiration. Agustin et Matt jetèrent un regard interrogateur à leur patron.

— Une impression, c'est tout, lâcha simplement Clarence en haussant les épaules et en grimpant dans la voiture.

Violaine attendit que le grondement du moteur s'estompe dans le lointain avant de se détendre.

— Ouf! Bien joué, Claire. Tu nous as sauvés!

— Ouais, renchérit Nicolas en la serrant dans ses bras, on revient de loin! Ce gars que les autres appellent « chef » ou « boss », il me flanque vraiment la trouille. Vous avez vu comme il s'est tourné vers nous, à la fin? J'ai cru qu'il nous avait vus!

— Sentis, corrigea Claire. C'est un loup-garou. Moi, c'est le vampire qui me fait peur.

— Le loup-garou? Le vampire? réagit Arthur. Tu débloques, ma vieille!

— Non, répondit-elle avec douceur, je ne débloque pas, comme tu dis. Ouvre donc les yeux, Arthur : le monde ne se réduit pas aux apparences. Nicolas marche sur une mosaïque de couleurs, Violaine vit entourée de dragons et moi d'un brouillard qui me masque les choses. Selon les critères du monde des apparences, nous sommes fous.

– De là à voir des vampires et des loups-garous, grommela Arthur.

– Tu n'as pas remarqué la façon dont le loup-garou reniflait l'air tout à l'heure avec un regard de prédateur ? Et le vampire, sa maigreur, son teint pâle, ses yeux rouges ?

– Il abuse de la cigarette, c'est tout.

– Et l'autre, le grand, c'est quoi ? demanda Nicolas qui se prenait au jeu.

– Un ogre. Il est gigantesque, et tu as vu ses dents quand il sourit ?

Arthur haussa les épaules. Violaine coupa court à la discussion :

– On devrait se dépêcher de retourner à la source et trouver les documents. La voiture va peut-être revenir.

– C'est parti ! dit Nicolas en se redressant.

Il vacilla, mit ses mains devant les yeux.

– Nicolas ? Qu'est-ce qui t'arrive ? s'alarma Arthur.

– Je… j'ai un problème. Je n'arrive plus à voir normalement. Mes yeux viennent de se bloquer sur l'autre vision. Je ne comprends pas ce qui m'arrive !

– Qu'est-ce qu'on peut faire ? demanda Claire dans un murmure.

– Rien, ça va passer, je pense. Ça finit toujours par passer. Il suffit d'attendre.

– Claire va rester avec toi, proposa Violaine. Elle a besoin de se reposer elle aussi. Je vais aller dans l'église avec Arthur. D'accord ?

Ils acquiescèrent. Nicolas se sentit doublement coupable. Il faisait encore faux bond à ses amis. Il aurait pu les accompagner : se déplacer dans le monde des couleurs ne le gênait plus. Mais c'était le fait de ne pas avoir choisi, de subir cette vision, bref de ne rien contrôler, qui le déstabilisait. Il préféra fermer les yeux et attendre que tout redevienne normal. Quant à Claire, pour rien au monde elle n'aurait remis les pieds dans le cimetière.

Violaine et Arthur reprirent donc tous les deux la direction de l'église

– J'espère que ça va aller pour Nicolas, chuchota Arthur. Il a l'air très fatigué.

– Tu le connais, dans dix minutes il aura retrouvé son énergie et il recommencera à nous casser les oreilles ! C'est plutôt Claire qui m'inquiète.

– Tu veux parler de son histoire de loup-garou et de vampire ? C'est vrai que c'est bizarre !

– Non, je ne pensais pas à ça. Claire m'inquiète… physiquement. Je l'observe régulièrement. Elle n'arrête pas de glisser, de trébucher. Elle en bave, c'est sûr ! Même si elle ne se plaint jamais. Son monde est si différent du nôtre ! Tiens, même les morts, là, sont plus proches de nous que nous le sommes d'elle.

Ils longèrent les tombes et parvinrent devant la crypte ouverte aux quatre vents. Ils accédèrent à la source par la porte basse qu'Arthur avait repérée tout à l'heure. La lumière de la lune, au-dessus de leur tête, les éclairait imparfaitement. L'espace était empli de zones d'ombre. Ils allumèrent leurs lampes.

— Il faut chercher où ? Tu as une idée ? demanda Violaine.

— À mon avis, le Doc s'est contenté de mettre les documents à l'abri des curieux. Il ne les a pas forcément bien cachés. La principale difficulté, c'était de résoudre l'énigme et de venir ici. Il faut chercher un signe.

Ils explorèrent minutieusement les lieux. Le bruit de l'eau sourdant de la roche et glissant entre les pierres était apaisant.

— C'est quoi, ces signes gravés sur certains blocs ?

— La signature des tailleurs de pierre du Moyen Âge. Ils étaient payés à la pièce et devaient prouver qu'ils en étaient les auteurs.

— Ils connaissaient les éléphants, à l'époque ?

— Oui, mais… les éléphants, tu dis ?

Violaine montra au garçon une pierre dans un angle, à hauteur d'yeux, sur laquelle était gravé un éléphant stylisé.

— Ce n'est pas une marque de tâcheron, s'écria Arthur, c'est le signe qu'on cherchait !

— Pourquoi un éléphant ?

Arthur se mit à réfléchir. Des milliers de pages de livres lus à la bibliothèque défilèrent dans sa mémoire. « Qu'au moins cette tête détraquée serve à quelque chose, pensa-t-il. Et à quelques-uns. » La carte oubliée sur la pierre lui semblait loin. Son cerveau ronronnait comme d'habitude, comme une mécanique huilée. Pour l'éternité. Rien n'avait fondamentalement changé, là-dedans.

— Saint Barthélemy a été l'évangélisateur de l'Inde,

finit-il par dire. Le Doc a dû jouer avec ça. C'est en tout cas dans la logique de ses gamineries.

Violaine se tapa le front du plat de la main.

– Qu'on est bêtes ! Bien sûr ! *Mon tout est trompeur :* c'est l'éléphant, avec sa trompe !

Ils grattèrent fébrilement la pierre. Elle n'était pas scellée. En unissant leurs efforts, ils parvinrent à la tirer et à la faire tomber sur le sol.

– J'ai trouvé ! triompha Violaine en sortant de la cavité un tube de plastique rouge étanche.

– Bravo les gosses, fit une voix au fort accent américain au-dessus de leur tête.

Violaine et Arthur sursautèrent. Ils levèrent les yeux : dans l'église, l'homme qui s'appelait Matt les observait d'un air railleur. Violaine crut que son cœur allait s'arrêter de battre. La lune éclairait sa grosse tête ronde et se reflétait sur l'émail de ses dents. Il avait tout à fait l'air d'un ogre ! Un ogre prêt à les dévorer.

– Le boss avait raison, continua le colosse. Il a toujours raison. Et il a un sacré instinct, çà… Si on avait le temps, je vous raconterais.

Il sortit de la poche de son blouson un téléphone satellite. Violaine comprit alors que Matt était seul. Les autres avaient dû le déposer discrètement en partant. Elle pesta intérieurement contre leur imprudence. Elle aurait dû prévoir. Si seulement Nicolas avait pris la peine d'inspecter les alentours ! Mais non, ce n'était pas sa faute. C'était la sienne. C'était elle qui aurait dû y penser. Maintenant, cet homme allait appeler ses complices et tout serait fini. Fini pour le Doc, fini pour eux aussi. Car ils allaient les tuer, c'était certain. Violaine sentit le désespoir l'envahir.

C'est alors qu'Arthur la prit par la main et l'entraîna en courant vers la porte.

– Stop !

Ils se figèrent en entendant un déclic. Derrière eux, Matt brandissait un pistolet.

– Ne faites pas les imbéciles. Je n'hésiterai pas à tirer, vous savez.

Ils se retournèrent et levèrent les bras, comme ils l'avaient vu faire dans les films. Sauf que ce n'était pas un film. Ce qu'ils vivaient était diablement réel.

Sans les quitter des yeux, Matt pianota sur son téléphone. *Violaine vit son dragon noir, énorme, qui enroulait et déroulait ses anneaux de brume autour de lui. Elle croisa le regard de l'ectoplasme. Le dragon sembla surpris. Puis il se mit à ronronner en la regardant.*

« Se pourrait-il que… que le dragon se souvienne de moi ? pensa-t-elle, estomaquée. Ce serait incroyable ! Incroyable mais pas impossible, en y réfléchissant bien. Après tout, je l'ai pris dans mes bras et cajolé. Je l'ai apprivoisé. Maintenant, ce dragon me connaît. On a peut-être encore une chance de s'en tirer. »

Matt pesta contre l'appareil qui n'arrivait pas à établir le contact avec le patron. Violaine redressa la tête et fixa bravement l'Américain.

– Pose ton téléphone, baisse ton arme et laisse-nous partir ! dit-elle en s'efforçant d'être directive.

Matt lui jeta un regard haineux.

– Je ne sais pas ce que tu m'as fait, l'autre fois, répondit-il d'une voix qui tremblait de colère. Mais c'est fini, tu m'entends, sorcière ? Si tu essaies de m'approcher, je te tue, toi et ton copain !

Le colosse avait raison. Elle ne pouvait manipuler les gens qu'à leur contact, en les touchant. Elle et sa partie astrale – le chevalier-fantôme – devaient tenir les dragons entre leurs mains pour les apprivoiser. C'est comme cela que les choses se passaient d'habitude. Mais cette nuit, c'était différent. *Le dragon de Matt l'avait reconnue ! Et il l'aimait encore, sinon il n'aurait pas ronronné !* Elle décida de ne plus s'adresser au colosse mais directement à son dragon. *Le chevalier jeta au sol son épée et son bouclier. Il tendit les bras vers le dragon et lui fit signe de venir. De venir contre lui. Tout contre lui.* Matt chancela. Son regard s'emplit de stupeur. *Le dragon feula joyeusement. Il déploya ses ailes et s'élança dans les airs à la rencontre de Violaine.*

– *Damned !*

Matt trébucha et partit en avant. Il tomba, perdant l'arme et le téléphone dans sa chute. Il heurta violemment le sol dans un éclaboussement d'eau et hurla de douleur.

– Mes jambes ! *Bloody hell !* Mes jambes !

Arthur arracha Violaine à sa transe et l'entraîna dehors.

– Je ne sais pas comment tu as fait ça, mais merci. J'ai cru qu'on allait y passer tous les deux !

Elle ne répondit pas. Elle avait le souffle court et le regard fixe. Son ami comprit qu'elle était encore sous le choc. Il la tira par le bras et ils rejoignirent Claire et Nicolas dans les buissons.

— Qu'est-ce qu'elle a ? s'exclama Claire en voyant Arthur soutenir leur amie.

— Plus tard. Pas le temps. Nicolas, ça va ?

— Oui, je vois de nouveau normalement. Qu'est-ce qui s'est passé, en bas ? On a entendu des cris.

— Plus tard, je vous dis. Prenons les sacs et partons d'ici.

Nicolas tenant la main de Claire et Arthur celle de Violaine, ils filèrent au milieu des buis, sans se retourner.

— Tu sais, Agustin, avant toi, je n'ai jamais eu d'ami, de vrai ami je veux dire.

— Pourquoi tu me dis ça ?

— Eh bien, je ne sais pas. J'avais envie. On ne parle jamais.

— Jusqu'à présent, ça nous évitait de dire des conneries.

— Tu n'es pas gentil. C'est toujours comme ça avec toi ! Tu…

— D'accord, d'accord ! Matt ?

— Oui, Agustin ?

— Tu sais qu'on peut tout se dire entre amis.

— Oui !

— Alors ferme-la et passe-moi un sandwich.

(Extrait d'une conversation entre Matt et Agustin, tenue devant l'immeuble d'Antoine à la Butte aux Cailles la nuit précédant l'attaque.)

17
Tabernaculum statuere :
monter une tente

Quand je n'ai pas de feutre ou de mur pour dessiner mes singes, et que la salle de bains est occupée, je calme ma pauvre tête en la faisant jouer. Comme un adulte essayant d'arrêter les pleurs d'un enfant en attirant son attention sur un objet. Comment je fais ? J'essaie de trouver le plus de synonymes possibles d'un mot, par exemple, ou bien je recherche toutes les pages que j'ai mémorisées et dans lesquelles il apparaît. Parfois, je m'amuse à résoudre des problèmes ou des énigmes. Bref, je me concentre sur un exercice. Du coup, j'ai mal à un seul endroit, ce qui est toujours mieux que rien…

Arthur n'en pouvait plus. Il avait dépensé beaucoup d'énergie à aider Violaine. Heureusement, elle était peu à peu sortie de son abrutissement et à présent parvenait à marcher seule. Les quatre amis ne s'autorisèrent à souffler qu'après avoir mis une bonne distance entre l'église et eux.

Ils ne s'étaient arrêtés qu'une fois, brièvement, pour consulter la carte. Ils avaient opté pour un sentier coupant au milieu des champs, en direction de la forêt. À l'abri des arbres, ils avaient quitté la trace et s'étaient enfoncés au milieu des hêtres, jusqu'à trouver une clairière tapissée de feuilles mortes.

– Vous croyez qu'on est à l'abri ? demanda Claire.

– Oui, répondit Violaine, au moins jusqu'à demain. La nuit nous cache et ils ont un blessé. Quelle heure est-il, Arthur ?

Arthur ne répondit pas. Son crâne s'était transformé en salle de bal et des milliers de fantômes y dansaient la gigue en criant et en se bousculant. Épuisé, il n'avait plus la force de contenir ses souvenirs, de les obliger à rester dans leurs tiroirs ou sous leurs tapis. Il grogna.

– Ses mains tremblent, dit Nicolas. Il fait une crise.

– Je sors une feuille et un stylo ?

– Inutile. C'est trop fort. Il n'y aurait qu'une douche pour le calmer. Il faut l'allonger.

– On monte la tente, alors ?

– Oui. On commence sérieusement à geler !

Tant qu'ils marchaient, en effet, la température restait supportable. En s'arrêtant, ils avaient laissé le froid les rattraper. Leur respiration faisait de la buée et l'humidité de la sueur, surtout dans le dos, provoquait des frissons très désagréables.

Avec la complicité de la lune qui éclairait encore généreusement le ciel, ils dressèrent la tente et se réfugièrent à l'intérieur. Quand ils avaient sélectionné leur matériel, à la clinique, ils avaient opté pour une tente de couleur verte, légère et spacieuse. Des choix judicieux.

Ils aidèrent Arthur à se changer et à se coucher. Le garçon tremblait et répondait d'une voix faible aux questions de ses amis.

– Je crois que je vais essayer de dormir, marmonnat-il. Ça passera, ne vous inquiétez pas.

Les autres se glissèrent à leur tour dans les duvets et entamèrent une conversation à voix basse, en grignotant des biscuits.

– Je me demande, commença Nicolas, comment ils ont fait pour nous retrouver.

– Ils avaient peut-être des complices qui surveillaient les gares. Après, il leur a suffi d'interroger les bonnes personnes, le chauffeur du bus, par exemple. Je ne sais pas, moi ! Ces gars-là, ils ont l'air capables de tout.

– Moins fort, Violaine. Pense à Arthur, il faut qu'il dorme.

– Je suis d'accord avec elle, reprit Nicolas en s'enfonçant davantage dans son duvet. Ils sont forts. Très forts.

– N'empêche que, pour l'instant, nous sommes encore plus forts, dit Violaine en brandissant le tube récupéré dans l'église.

C'était un cylindre de protection étanche, un vieux modèle, comme on en trouvait dans les magasins de sport au rayon canyoning. Violaine le dévissa à la lueur de la bougie qu'ils avaient allumée pour faire grimper la température. Elle en sortit deux feuilles roulées.

– C'est tout ? s'étonna Nicolas, déçu.

– Une nouvelle page du carnet du Doc et… devinez !

– Une énigme ? hasarda Claire.

– Gagné ! *Mon premier vous fait la charité de l'hôpital. Mon deuxième pourrait être un troisième. Mon troisième est dans le regard du chevalier. Mon tout est heureux de vous savoir en chemin et espère que vous vous posez les bonnes questions.*

– C'est pas vrai, il recommence ! Jusqu'où va-t-on aller, comme ça ?

– Ça ne sert à rien de geindre, dit Claire.

– Ça ne sert à rien mais ça fait du bien, grommela Nicolas.

– Réfléchissons, proposa Violaine. Nous sommes venus à bout de la première énigme, il n'y a pas de raison que nous ne réussissions pas encore une fois.

– On n'attend pas Arthur ? s'étonna Nicolas.

– On peut très bien commencer à réfléchir sans lui.

– Bon, sauf que là, nous n'avons pas Internet pour dégager le terrain, s'obstina le garçon.

– Nous n'en aurons pas besoin, affirma Violaine. Le Doc est malin, on le sait. Il a certainement imaginé les énigmes en fonction du terrain. Et je ne pense pas qu'il y ait de cybercafé à Aleyrac !

– Admettons. Alors ?

– Je crois que j'ai trouvé une logique dans les énigmes. Elles fonctionnent comme un zoom : la première phrase définit un lieu général, la deuxième un endroit localisé et la troisième un emplacement précis. Par exemple : Aleyrac-église-source.

– D'après toi, Violaine, résuma Nicolas, pour savoir où aller, il suffit de résoudre mon premier ?

– Oui.

– Alors allons-y : pour moi, le Doc fait de l'humour avec sa « charité de l'hôpital », du genre de « l'hôpital qui se moque de la charité ». C'est par là qu'il faut chercher.

– Tu as peut-être raison, Nicolas, mais moi, je ne pense pas que l'humour soit la piste.

– Qu'est-ce que tu connais à l'humour ? ronchonna le garçon.

– Violaine nous aide à réfléchir en menant la discussion, intervint Claire. Fais un effort, essaie de jouer le jeu !

– Ah bon, c'est un jeu tout ça ? Je n'avais pas compris…

– Un cadeau ! dit soudain Violaine. C'est ça, le Doc nous fait cadeau de l'information, il nous fait la charité de l'hôpital. Il faut chercher autour d'« hôpital ».

Ils se penchèrent au-dessus de la carte. Aucun hôpital n'y était indiqué. Nicolas prit le guide touristique de la Drôme.

– Il y a un hôpital à Dieulefit. Et puis bien sûr à Montélimar et dans d'autres villes importantes.

Violaine secoua la tête.

– Ça ne va pas. L'histoire du zoom est bien vue, mais insuffisante. Peut-être que chaque élément de l'énigme complète les autres. La deuxième phrase est trop abstraite, il faut se servir de la troisième et du regard du chevalier.

Nicolas acquiesça. Il se replongea dans le guide.

– Tu as raison, Violaine. Je crois qu'on y est : il y a

une ancienne commanderie de l'ordre de Malte à Poët-Laval. Classée par les monuments historiques, en plus.

– Quel rapport avec l'hôpital ?

– À l'origine, les chevaliers de Malte s'appelaient les Hospitaliers. Les Hospitaliers de Saint-Jean-de-Jérusalem.

– Alors là, tu m'épates, reconnut Claire. C'est Arthur qui déteint sur toi ?

– En fait, c'est précisé dans le guide…

– Très bien, on sait au moins où aller demain, dit Violaine d'un ton satisfait en rangeant la carte. En plus, on peut rejoindre Poët-Laval en continuant le sentier, par la montagne. On ne risque pas d'y croiser de voiture noire.

– Et la page du carnet du Doc ? se rappela Claire. Elle dit quoi ?

– Pas grand-chose. Le gars de la NASA s'apprête à lui faire des confidences. Ça s'arrête juste avant.

– Il mise sur notre curiosité pour nous pousser à continuer, soupira Claire. Pourquoi veut-il que nous nous posions les bonnes questions ? Et c'est quoi, les bonnes questions ? Je ne comprends pas où il veut en venir.

– Si c'est à nous empêcher de dormir, c'est raté en ce qui me concerne, conclut Nicolas en se pelotonnant dans son duvet. Bonne nuit !

Violaine se pencha au-dessus d'Arthur. Le garçon semblait s'être endormi. Il ne tremblait presque plus. Rassurée, elle souffla la bougie et s'allongea à son tour sur les blousons qu'ils avaient étalés pour s'isoler du sol.

Elle se blottit contre Claire, profitant de sa chaleur et lui donnant de la sienne.

– Comment tu te sens ? murmura-t-elle à l'adresse de son amie.

– Bien, répondit-elle sans se retourner. C'est gentil de t'inquiéter mais il ne faut pas. Je tiens le coup, je t'assure.

– Je sais. Bonne nuit, Claire.

– Bonne nuit.

Violaine chercha le sommeil mais les événements de la journée envahirent ses pensées. Une première énigme, le train, les moments d'insouciance à Montélimar, le bus, la marche pénible, les trois hommes à leurs trousses, l'Américain en embuscade, sa chute, encore une fuite, et une deuxième énigme... Les jours faisaient-ils soixante-douze heures maintenant ? Sa vie, leur vie, avait changé si brutalement. C'était comme dans un rêve.

L'image du dragon de Matt vint ensuite la hanter. Lorsque l'homme était tombé, l'ectoplasme avait feulé de douleur dans ses bras et elle avait senti cette souffrance. C'est ça qui l'avait choquée. Ça et... le regard de reproche que le dragon lui avait lancé. Elle l'avait utilisé, elle avait trahi sa confiance ! À la clinique, elle avait découvert que les dragons pouvaient être apprivoisés. Elle avait pris conscience de cette force nouvelle avec beaucoup de joie. En oubliant qu'une force, quelle qu'elle soit, impliquait certes des droits mais également des devoirs. Comme celui de la franchise, ou de la loyauté. Que les dragons de brume puissent avoir leurs propres émotions était un concept nouveau et terriblement déstabilisant ! Lorsqu'elle avait retrouvé ses esprits, Violaine avait failli fondre en larmes. Heureusement, la nuit avait dissimulé ce moment de faiblesse aux autres.

Elle finit par s'endormir, vaincue par la fatigue.

– Il est ici, chef !

Matt gisait dans l'eau, au fond de l'ancienne crypte. Clarence s'empressa de rejoindre Agustin.

– Il n'est qu'évanoui, diagnostiqua-t-il avec le regard de l'habitude. Il est en hypothermie parce qu'il est resté longtemps dans l'eau glacée.

En l'absence de nouvelles de Matt, Agustin et lui avaient pris le temps de fouiller les abords de la chapelle du hameau des Citelles, où les gosses auraient pu se trouver. Cela lui avait semblé une bonne idée de laisser un homme à l'église. Si les fugitifs s'étaient cachés en voyant arriver la voiture, ils pouvaient se montrer après leur départ. C'est ce qui s'était passé, visiblement. Quand même, Matt n'était pas un enfant de chœur ! Échaudé et mis en garde, il ne s'était sûrement pas laissé approcher par Violaine. Et il se serait méfié de la lanceuse de feu, Claire. Quelles particularités possédaient les garçons pour être venus à bout du colosse ?

– Il a les deux jambes fracturées, ajouta Clarence. Ce pauvre Matt est bon pour les urgences. On peut être à Montélimar dans trente minutes, si tu conduis bien.

La traque attendrait. Le blessé était prioritaire. Clarence n'avait jamais abandonné un homme derrière lui.

— On y sera dans vingt minutes, répondit Agustin en serrant les dents.

Une colère froide l'avait envahi. Cette fois, quoi que le patron puisse en penser, c'était allé trop loin. Les gamins s'en étaient pris à nouveau à son ami. Ils l'avaient estropié. Peut-être que Matt ne marcherait plus jamais. Ces petits monstres allaient payer pour ça. Lui, Agustin, il les trouverait et il les tuerait, l'un après l'autre. Il mettrait un terme à cette histoire absurde.

— Je te le promets, murmura-t-il au colosse qu'il avait, malgré son poids, chargé sur les épaules.

Laissant Agustin transporter le blessé, Clarence fouilla l'église à la recherche du pistolet et du téléphone que Matt ne portait plus sur lui. Il les trouva dans l'eau, au milieu des pierres. En se relevant, il remarqua dans le mur un trou que les herbes n'avaient pas envahi. Quelqu'un avait cherché – et trouvé – quelque chose. Matt n'était pas tombé dans la source par hasard.

— Vous me donnez deux raisons de plus de vous faire la chasse, mes petits renards, dit-il à voix haute en levant la tête vers la lune : un, je vais vous apprendre que l'on ne massacre pas mes hommes, et deux, je vais vous reprendre un paquet pour lequel on me paie très cher...

Il se hâta de retourner à la voiture. Agustin avait déjà mis le contact.

Arthur se redressa dans son duvet. Il secoua Violaine.

– Hein ? Que… qu'est-ce qu'il y a ?

– Rien, chuchota-t-il pour ne pas réveiller les deux autres. C'est juste que j'ai trouvé le sens de la deuxième phrase !

– Je suis contente de voir que tu vas mieux, soupira la jeune fille à moitié endormie. Ça ne peut pas attendre demain ?

– Tu sais, continua-t-il comme s'il n'avait rien entendu, j'ai écouté votre conversation. J'ai réfléchi à ce « deuxième qui pourrait être un troisième ».

– Et alors ? dit-elle.

– Il faut à nouveau chercher une église ! Le deuxième de la deuxième énigme pourrait être le troisième de la première ! Tu comprends ?

– Rien du tout, grommela-t-elle en lui tournant le dos. Tu me raconteras tout ça demain. Et si tu essaies encore de me réveiller, j'étrangle ton dragon de mes mains astrales. Bonne nuit !

– Bonne nuit, répondit Arthur, contrit, en se recouchant.

Ça lui apprendrait à faire du zèle ! Quant à l'hypothétique normalisation de son cerveau qu'il avait cru déceler dans l'oubli de la carte sur une pierre, eh bien, il pouvait faire une croix dessus ! Il se concentra sur la valeur de *pi* et égrena interminablement des chiffres dans sa tête.

Harry Goodfellow est venu hier. Il a tapé à la porte de mon bureau où j'aime écrire le soir, s'est excusé pour l'heure tardive et est entré. Je l'ai fait asseoir sur une chaise. Il s'est mis à parler. Il a parlé pendant presque deux heures. Je n'ai pas dit un mot. Ce n'était pas nécessaire. Il semblait avoir longtemps réfléchi avant de se décider, et de se confier à moi. Comme je le supposais, il ne parvenait plus à garder ce qu'il savait pour lui seul. Il m'avait choisi pour partager son fardeau. J'en étais heureux et fier. Au début, seulement. Car j'ai rapidement compris qu'il fallait être bien plus de deux pour porter un tel poids...

(Page du carnet du docteur Barthélemy, trouvée dans le tube récupéré dans l'église en ruine d'Aleyrac.)

18

De laude militiæ :
un éloge de la chevalerie

Lorsque Violaine se rendit compte qu'elle arrivait à ramper, son premier réflexe fut de se diriger vers l'extérieur. Cela faisait si longtemps qu'elle en rêvait ! Partir, quitter l'obscurité, offrir son visage au soleil, à la chaleur de la lumière ! Mais au lieu de ça, elle regarda le fond de la grotte. Là-bas, dans la crypte – elle venait seulement de se rendre compte que c'était une crypte – les dragons gémissaient, comme s'ils pleuraient son départ. Elle eut, tout à coup, le sentiment de les abandonner. Alors elle fit une chose folle : tournant le dos à la sortie, elle se traîna sur la roche à leur rencontre…

Violaine se réveilla la première. Elle profita encore un peu de la quiétude de son duvet. Une dure journée les attendait, elle avait bien droit à quelques minutes de répit ! Elle rêvait beaucoup ces derniers temps. Des rêves bizarres qu'elle n'avait jamais faits. Son cauchemar, l'horrible cauchemar qui la poursuivait depuis qu'elle était petite, l'avait abandonnée. D'autres images lui avaient succédé, où il était toujours question de caverne et de dragons. Mais elle avait cessé de trembler. « Maintenant, ce sont les jours qui me font peur ! » songea-t-elle ironiquement. Elle finit par sortir de son sac de couchage et réveilla tout le monde avec un : « Debout les larves ! » qui les fit grogner.

Dehors, il faisait jour et le ciel dégagé annonçait une belle journée. Violaine fit quelques pas. La gelée blanche crissait sous ses pieds. Le froid était mordant et elle enfouit ses mains dans les poches de son blouson. Un calme merveilleux enveloppait les arbres. Elle comprit pourquoi la forêt avait été si longtemps considérée comme un refuge. Voyant que personne ne bougeait dans la tente, elle fit demi-tour, racla sur les feuilles une poignée de neige : il était temps d'utiliser des méthodes plus énergiques pour secouer les paresseux !

Agustin, au volant d'une voiture de location, roulait sur la route qui conduisait à La Bégude-de-Mazenc. Le patron, devant, s'était réservé la Mercedes noire. Agustin avait les traits tirés et affichait une mine renfrognée. Ils avaient tous les deux passé une partie de la nuit au service des urgences, à l'hôpital, attendant des nouvelles de Matt. Clarence avait raconté que leur ami était tombé dans la cave du vieux mas qu'ils louaient, en allant chercher une bouteille de vin. Les médecins avaient craint un traumatisme crânien, mais le colosse s'en tirait avec les jambes fracturées et de multiples hématomes. Ils avaient ensuite terminé la nuit dans un hôtel du centre-ville. Au réveil, le patron avait annoncé qu'ils loueraient une voiture et se sépareraient pour être plus efficaces.

– Pourquoi ne pas demander une recherche par satellite ? s'était étonné Agustin.

– Le satellite manque singulièrement d'efficacité en zone boisée, avait répondu le patron. Il va falloir revenir aux bonnes vieilles méthodes : sortir nos cartes de flics et interroger les gens, dans tous les villages autour d'Aleyrac. On met le paquet, on leur fait peur, on promet une récompense ! Ce sera bien le diable si on ne retrouve pas leur trace…

Agustin n'avait pas protesté. Ça l'arrangeait de ne pas être avec le patron. Parce qu'ils allaient les retrouver, ces petits enfoirés, ce n'était qu'une question de temps ! Et le patron ne serait sûrement pas d'accord pour les buter. Or lui, Agustin, il serait sans pitié. Il en avait fait la promesse à Matt.

Ce qui le dérangeait, dans la nouvelle tournure que prenaient les événements, c'était de ne plus être au volant de la Mercedes et de devoir conduire cette petite voiture qu'il assimilait à une boîte à savon. Une boîte à savon à laquelle on aurait collé des roues.

Arthur, Violaine, Nicolas et Claire marchaient d'un bon pas sur le sentier caillouteux. Arthur était complètement rétabli. Seule Claire semblait toujours à la limite de la rupture.

Le soleil qui brillait généreusement leur donnait, comme la veille à Montélimar, l'impression d'être en vacances.

— Ce sont les plus beaux jours de ma vie, lâcha Nicolas en respirant fort l'air chargé d'odeurs de terre.

— Tu n'étais pas dans l'église, hier soir, avec le type qui voulait nous descendre ! répondit Violaine.

— Avec l'ogre, précisa Claire.

— Je ne parlais pas de ça, dit Nicolas, mais de la tente, de la marche dans la forêt, et puis surtout de vous, les seuls amis que j'ai… Bah, laissez tomber.

— Comment vont tes yeux, aujourd'hui ? lui demanda Arthur.

— Bien, je crois. Mais je n'ai pas réessayé de passer d'une vision à l'autre. Je suis désolé pour hier. Quand j'ai voulu voir la voiture, je n'y suis pas arrivé, et quand je n'ai rien demandé, je suis passé en mode coloré !

— Tu étais fatigué, sur les nerfs, dit Violaine. Il ne faut pas chercher plus loin.

— Et puis, ajouta Claire, on ne prend plus nos pilules.

Sa réflexion attira le silence. C'était pourtant sacrément vrai : depuis qu'ils s'étaient enfuis de la clinique, leurs… pouvoirs se manifestaient différemment. Ils étaient moins contrôlables. Ils étaient aussi plus forts.

— Ces pilules étaient destinées à nous endormir, cracha Violaine. À endormir ceux que nous étions vraiment. Mais c'est fini, nous nous sommes réveillés ! Les pilules avaient un côté rassurant, c'est vrai. Mais elles faisaient de nous des esclaves.

— Je suis d'accord, dit Arthur, il ne faut pas les regretter. Les pilules peuvent expliquer le côté chaotique de nos perceptions. C'est normal d'avoir des ratés si nous sommes encore en période de sevrage.

– Dans tous les cas, renchérit Nicolas, on a assez avalé de pilules !

– Très drôle.

Ils passèrent à côté d'une vieille ferme abandonnée, en cours de restauration. Le chemin les entraîna plein est.

– On sait où on va, finalement ?

– Oui. Arthur a trouvé le sens de la deuxième phrase cette nuit.

– *Mon deuxième pourrait être un troisième* : le deuxième de la deuxième énigme pourrait être le troisième de la première ! Vous comprenez ?

– On te fait confiance, Arthur.

– Mais c'est facile ! Ça signifie que…

– On te fait confiance !!!

Arthur grommela une phrase à propos de la solitude des grands esprits, tandis que le chemin obliquait sur la gauche et grimpait sévèrement. Ils marchèrent sur une crête qui leur livra un panorama somptueux. Ils s'écroulèrent au pied de l'antenne du relais de télévision marquant le sommet.

– On est sur le mont Rachas, annonça Violaine. Regardez, on voit le village de Poët-Laval en bas, dans la vallée.

– Il suffit de descendre, quoi.

– Exactement. Allez, en route !

Ils empruntèrent un chemin dans l'herbe qui se transforma ensuite en sentier en pénétrant dans un sous-bois. La pente s'accentua en même temps que la trace se fit approximative, et ils durent plusieurs fois se rattraper aux arbres pour ne pas tomber. Violaine, qui tenait la main de Claire, la lâcha à deux reprises et elle glissa sur la terre et les cailloux, heureusement sans se faire de mal.

Ils atteignirent enfin le fond d'un petit vallon. Le chemin se perdit dans le lit d'un ruisseau et ils sautèrent d'une rive à l'autre pour ne pas se mouiller.

Un gros rocher, au soleil, leur donna envie de s'arrêter. Arthur vérifia l'heure : il était midi passé. Ils sortirent des sacs de quoi manger, et profitèrent de la pause pour déballer et faire sécher la tente qu'ils avaient pliée encore humide. Puis Violaine regarda Claire ; sans avoir besoin de parler, elles faussèrent compagnie aux garçons.

— On va faire un brin de toilette plus haut, annoncèrent-elles.

— Dans cette eau froide ? Brrr ! commenta Nicolas.

— Continue à puer, si tu préfères !

— Deux jours sans se laver, c'est pas la mort, se défendit-il.

Il prit Arthur à témoin tandis que les filles disparaissaient en amont.

— Elles exagèrent, quand même, on ne sent pas mauvais. Hein ?

— À vue de nez de garçon, non, répondit Arthur avec un sourire. À propos, je voulais te demander…

Il baissa la voix et regarda furtivement autour de lui.

— Si tu essayais ta vision dans la direction où sont parties les filles, qu'est-ce que… qu'est-ce que tu verrais ?

— Heu, des taches rouges, des taches bleues et des taches jaunes. Pourquoi ?

– Non, pour rien !

Claire et Violaine ne tardèrent pas à revenir.

– Houuuu ! Ça fait du bien ! Vous avez tort de ne pas en profiter !

– On a mis la main dans l'eau, ça nous a suffi, dit Nicolas.

– Poules mouillées !

– Sèches, rectifia Arthur.

– Tu vois, Violaine, s'exclama Nicolas, Arthur, lui, il a le sens de l'humour !

Ils ramassèrent leurs affaires et se remirent en chemin. Ils quittèrent le sentier pour une route en terre, qui déboucha sur une voie goudronnée. Le vieux bourg de Poët-Laval, l'un des plus beaux de France, comme l'annonçait fièrement un panneau déjà ancien, dressait sa silhouette de l'autre côté de la vallée.

Clarence sortit du bar où il venait d'interroger le patron et deux ouvriers qui prenaient un café. Sa carte d'inspecteur avait délié les langues, mais personne n'avait vu de gosses traînant sur les routes avec des sacs à dos. Il avait laissé un numéro de téléphone, pour le cas où ils verraient les fugitifs. Il remonta dans la voiture et prit la direction du prochain village.

Agustin et lui s'étaient partagé la zone de recherche, qui comprenait les endroits où la bande aurait pu se rendre depuis Aleyrac. Lui s'occupait du sud et de l'est – Salles-sous-Bois, Taulignan et La Roche-Saint-Secret ; son complice, du nord – La Bégude-de-Mazenc, Poët-Laval et Dieulefit. Si leurs démarches se révélaient vaines, ils agrandiraient le périmètre. Mais Clarence avait confiance, ils finiraient par récolter des informations. Il était heureux de renouer avec les vieilles méthodes. Il retrouvait le terrain, son épaisseur, sa rassurante réalité. Un terrain sur lequel le loup courait plus vite que les renards...

Sous le château fermé l'hiver, au sommet du village, l'église Saint-Jean-des-Hospitaliers offrait ses ruines aux regards. La nef, ancienne, avait perdu son toit. Seul le chœur, que surmontait un clocher tout en hauteur, était intact.

Claire, Arthur, Nicolas et Violaine s'en approchèrent. Il était étonnant, avec sa corniche mal arrondie décorée de figures géométriques et d'étranges gravures, avec ses encorbellements sculptés.

— Tu es sûr que c'est là ?

— Certain, répondit Arthur. Il y a une autre église, mais récente. Si un bâtiment a un rapport avec les chevaliers, c'est seulement celui-là !

— D'ailleurs regardez, confirma Violaine en montrant une sculpture sur le quatrième encorbellement : c'est une tête de chevalier avec son heaume.

— Entourée de croix de Malte, précisa Arthur.

— J'ai toujours aimé les chevaliers, s'enthousiasma Nicolas. Partir sur les routes avec des compagnons d'armes, à la recherche du Graal, vivre des tas d'aventures, waouh, ça devait être génial !

— C'est drôle, ironisa Violaine, je vois exactement ce que tu veux dire !

– Concentrons-nous sur la tête de chevalier, les gronda Arthur.

– Ou plutôt sur son regard. *Mon troisième est dans le regard du chevalier.*

Arthur fit la courte échelle à Violaine pour qu'elle puisse toucher le visage de pierre. La jeune fille s'attarda sur les yeux. Elle essaya même d'appuyer dessus, guettant un clic qui aurait ouvert une cache. Rien.

– Je ne comprends pas, avoua-t-elle en reposant le pied par terre.

Ils changèrent de rôle et Arthur palpa la pierre, en vain.

– On perd notre temps, dit Violaine, agacée. Nicolas, tu peux essayer de voir ?

Nicolas ôta ses lunettes. L'afflux de lumière lui fit cligner des yeux. Il fixa la tête du chevalier. *Qui devint bleue.* Cette fois, c'était venu du premier coup, avec la même facilité que lorsque ses amis, chez Antoine, lui avaient demandé de regarder derrière la porte. Il élargit sa vision au mur autour. *Bleu aussi. Le bleu des pierres et des rochers, palpitant d'une vie froide, vécue à un rythme infiniment lent.* Pas de creux, pas de matière étrangère. *Du bleu, c'était tout.*

– Il n'y a pas de cachette dans ce mur, et rien de caché non plus, dit-il en rechaussant ses lunettes.

– Où est-ce qu'on s'est trompés ? interrogea Violaine.

– Nulle part. Nous sommes dans le village des Hospitaliers, dans une église qui possède une tête de chevalier sculptée. Tout est là ! Il suffit de mieux regarder.

De mieux regarder… Violaine se figea. Évidemment !

Elle se précipita vers l'encorbellement et se plaça juste en dessous de la tête du chevalier.

– Là, en face, dans le mur ! dit-elle. Il faut chercher dans le regard du chevalier, c'est-à-dire là où il regarde !

Ils inspectèrent fébrilement la paroi en face du chevalier.

– Cette pierre, elle porte la marque du Doc !

– On dirait un éléphant stylisé, dit Claire.

– Saint Barthélemy a évangélisé l'Inde, expliqua rapidement Arthur.

– C'est aussi le « tout qui trompe » de la première énigme, ajouta Violaine. Tu connais le Doc et son esprit facétieux !

Le bloc, comme celui d'Aleyrac, n'était pas scellé. Ils le sortirent de son emplacement et le tinrent en l'air, le temps que Violaine récupère dans le fond de la niche un tube semblable à celui trouvé près de la source. Ils remirent la pierre en place.

– Tu l'ouvres ? dit Nicolas, excité.

– Cherchons d'abord un endroit tranquille, proposa Violaine en jetant un coup d'œil sur l'hôtel qui faisait face à l'église. On n'a rencontré personne pour l'instant, mais ça peut changer.

Le mot même de « chevalerie » évoque un univers disparu, brut, parfois cruel et souvent brutal, mais fondé sur les rapports que les hommes bâtissaient entre eux et non avec les choses.

Les chevaliers nous parlent d'un vaste monde de courage et d'honneur, de gratuité et de courtoisie, d'une époque de quêtes et de châteaux forts, d'églises solides assurant le lien entre la terre et le ciel.

Le temps et l'histoire ont fait leur œuvre. La chevalerie a disparu en tant qu'institution. Mais au-delà de sa disparition, ses idéaux et son modèle restent vivants. La chevalerie a déserté nos sociétés mais pas nos cœurs…

(Extrait de *Vivre en chevalier*, par Adrian Pagus.)

19
Vulgare : révéler un secret

J'étais au lycée de Comodoro Rivadavia. C'est la ville où j'ai grandi. Ce jour-là, les militaires du coup d'État nous ont rassemblés dans la cour. Ils ont fait pareil dans tous les lycées d'Argentine, il paraît. J'en sais rien. Moi, j'étais à Rivadavia. Ils ont demandé à tout le monde de relever les jambes des pantalons. Pour voir les genoux râpés. Si on avait un genou râpé, cela signifiait que l'on s'était entraîné à tirer au fusil. Et donc que l'on avait rejoint le camp des terroristes. Traduisez, des opposants à leur coup d'État. Conneries ! Ils ont descendu mon pote Pablo. D'une balle dans la nuque. Parce qu'il avait un genou râpé. Pablo avait joué avec son chien tout le dimanche. Un genou à terre parce que le chien n'était pas très grand. Moi, ils m'ont laissé tranquille. J'en ai tué beaucoup, ensuite. En souvenir de Pablo. Debout, comme j'aime tirer depuis le lycée. Depuis toujours…

Agustin sortit de l'épicerie située au centre de La Bégude-de-Mazenc. Il avait, comme dans tous les magasins de la vallée, débité un mensonge préfabriqué, avant de laisser ses coordonnées téléphoniques aux commerçants, en insistant sur la détresse des parents dont les enfants avaient fugué. Partout il avait été bien reçu. « Pour une fois que la police fait quelque chose de bien, enfin, je veux dire, rester planqué près des radars au bord de la route, je ne dis pas que c'est inutile, mais… » avait même candidement lâché un patron de bistrot. Agustin avait souri. Qu'étaient devenus les policiers, en France ? Des agents du fisc et des pions chargés de surveiller les gens ! Finalement, avec leurs vraies-fausses cartes et leur fausse-vraie enquête, le patron et lui redoraient le blason des forces de l'ordre. Oui, ils leur rendaient service !

Claire, Violaine, Nicolas et Arthur s'installèrent à proximité du cimetière, derrière le château, dans un coin chauffé par le soleil. Violaine dévissa le tube. Comme ils s'y attendaient, deux feuilles roulées en tombèrent.

— Pour changer, commence par le carnet, proposa Claire.

— Comme vous voulez. Je lis la page ?

— S'il te plaît.

— « Le secret d'Harry Goodfellow était invraisemblable. La rumeur ne s'en était pas encore emparée et j'en étais étonné. Mais c'était si gros, l'arnaque était si énorme qu'elle ne serait sans doute pas découverte de sitôt. En tout cas pas avant que l'actualité ne rejoigne l'histoire… Harry, technicien de premier plan à la NASA, m'avoua piteusement ce soir-là que **jamais un**

pied d'Américain ne s'était posé sur la Lune. Le film qui avait ému la terre entière, les photos rapportées des missions Apollo, tout n'était, à en croire Harry, que trucage et montage ! J'étais abasourdi. En quittant mon bureau, à l'issue de notre entretien, il me confia que des preuves de tout cela existaient. Et qu'il me les montrerait. Mais Harry disparut le lendemain, et je ne le revis plus… »

– C'est tout ? dit Nicolas en voyant Violaine rouler la feuille.

– Quoi, c'est tout ? Mais c'est énorme ! s'offusqua Arthur. Tu ne te rends pas compte : d'après le Doc, les Américains ne sont jamais allés sur la Lune !

– C'est impossible, dit Claire en secouant la tête. On ne peut pas mentir aussi longtemps à la terre entière.

– C'est peut-être encore une mauvaise blague du Doc, émit Nicolas.

– Et puis, s'étonna Violaine, pour quelle raison ?

– Je ne sais pas, continua Arthur, mais on comprend mieux pourquoi ces hommes en ont après lui. Et après nous ! Les hommes sur la Lune, c'est la version officielle de l'histoire. Si des documents existent prouvant le contraire, c'est… c'est explosif ! Même trente-cinq ans après.

– Il y a un hic, objecta Nicolas : le Doc lui-même le dit dans son carnet, il n'a jamais revu cet Harry. Il n'a donc pas pu voir les fameuses preuves !

– Il faudra aller jusqu'au bout de la chasse au trésor pour avoir une réponse, dit Claire en s'emparant du deuxième feuillet contenant l'énigme. Écoutez : *Mon premier est dans la ligne de la première et de la deuxième. Mon deuxième pourrait être le deuxième de la deuxième ou le troisième de la première mais c'est en dessous de la vérité. Mon troisième préfère l'ouest de la deuxième. Mon tout espère que vous commencez à comprendre !*

— Il s'est déchaîné sur ce coup-là ! commenta Violaine.

— C'est un truc de logique. Heureusement, Arthur est là cette fois. Il va nous résoudre ça en deux minutes, annonça fièrement Nicolas.

— Oui, heu, laissez-moi au moins trois minutes, d'accord ?

Arthur prit la feuille des mains de Claire.

— Voyons, commença-t-il en s'installant confortablement. Mon premier est dans la ligne de la première et de la deuxième. Deux possibilités : un, le Doc veut dire que le premier indice ressemble à la première et à la deuxième énigme. C'est très vague. Deux, le Doc parle vraiment d'une ligne. Je penche pour cette idée. Sinon, il aurait plutôt employé le mot « lignée ».

— Il te reste deux minutes !

Sans prêter attention aux commentaires de Nicolas, Arthur choisit un endroit à peu près plat, le débarrassa des cailloux et déplia la carte. Il défit l'un de ses lacets et s'en servit de règle, l'alignant sur l'église d'Aleyrac et celle de Poët-Laval.

— Bien. Maintenant, le deuxième indice.

Ses amis l'observaient, fascinés.

— Moi aussi j'aurais aimé être intelligent !

— Tais-toi, Nicolas, laisse Arthur se concentrer.

– Voyons, reprit celui-ci. *Mon deuxième pourrait être le deuxième de la deuxième ou le troisième de la première mais c'est en dessous de la vérité.* C'est une reprise du deuxième indice de l'énigme précédente : il faut chercher une église dans l'alignement des autres.

– Et le « dessous de la vérité » ?

– Plus tard. Voilà ! Dans le prolongement du lacet, j'ai une chapelle Saint-Maurice dans la montagne, sur une crête rocheuse au nord-est. Rien d'autre sur la ligne. Oh, attendez ! À côté de la chapelle, il y a écrit « grotte ». Il doit y avoir une grotte en dessous. *En dessous de la vérité* : sous la chapelle qui est une vérité par rapport aux deux énigmes précédentes !

– Ou bien qui représente la vérité chrétienne, proposa Claire. On ne sait jamais, avec l'esprit tordu du Doc.

– Peu importe, déclara Violaine satisfaite. On sait encore une fois où aller !

– Et le troisième indice ?

– Comme d'habitude, on verra sur place. En route !

– En tout cas bravo, dit Nicolas en tapotant l'épaule d'Arthur. Moins de trois minutes, comme promis ! Le Doc a raison dans son *tout* : on commence à comprendre.

– Je ne suis pas sûr qu'il parlait de ça, hasarda Arthur.

– De quoi alors ?

– De l'importance de ce que l'on cherche ? Va savoir.

Le téléphone satellite sonna dans la poche intérieure du blouson en cuir. Agustin changea sa cigarette de main et décrocha.

– Allô ?

— Inspecteur Najal ? demanda une voix hésitante.

— Lui-même. Je vous écoute, madame.

Agustin prit un ton enjoué et rassurant. Se montrer cassant avec des informateurs spontanés ne payait jamais. Se sentant encouragée, l'interlocutrice poursuivit :

— Vous avez rencontré ce matin le directeur de l'hôtel où je loge, à Poët-Laval, pour lui signaler des fugueurs. Je prenais mon petit déjeuner et j'ai entendu votre conversation. C'est lui qui m'a donné votre numéro. Voilà, j'ai vu passer depuis la fenêtre de ma chambre, il y a une heure environ, quatre jeunes gens avec des sacs à dos qui montaient au château. Je suis une maman, moi aussi, vous comprenez ? Si mes enfants fuguaient, je crois que j'aimerais qu'on m'aide.

— Je comprends. Je vous remercie, madame. Vous avez bien agi…

Il posa encore quelques questions puis raccrocha. Il grimpa dans la voiture de location et mit le contact. Mais il ne démarra pas. Il hésitait. S'il appelait maintenant le patron, celui-ci lui dirait de ne pas bouger et de l'attendre. Ils partiraient ensuite tous les deux sur les traces des gosses. Ils les retrouveraient et… et le chef ne voudrait pas qu'il les élimine. Il en était certain. Oh, ce n'est pas qu'il se croyait intelligent, Agustin, mais il avait du flair, comme le patron. Le flair d'un homme habitué au terrain. Qui écoutait et observait plus souvent qu'il ne parlait ou se mettait en avant. Agustin tapota le volant de ses ongles et prit sa décision : il n'appellerait pas. Enfin, pas tout de suite ! Il allait suivre les gamins tout seul. Quand il les rattraperait, il serait bien obligé de se défendre. C'étaient des monstres, qui avaient essayé de le brûler et qui avaient voulu tuer Matt ! Il les saignerait, un par un, comme il en avait fait la promesse à son ami inconscient. Alors seulement il téléphonerait au patron pour tout lui raconter, et le patron serait bien obligé d'accepter ses explications. L'idée de s'affranchir et de prendre ses propres décisions lui plut. Mieux : elle le grisa.

Il quitta le parking et prit la direction de Poët-Laval.

Une fois de plus, Violaine galopait devant avec une énergie inépuisable, entraînant ses amis essoufflés. Ils lui demandèrent grâce en haut de la côte et s'affalèrent dans l'herbe.

Ils avaient emprunté un sentier étroit et caillouteux qui grimpait sur le flanc de la montagne, derrière le cimetière. La jeune fille avait décrété que c'était le chemin le plus court pour rejoindre Saint-Maurice.

— Le plus court chemin vers notre mort, oui, s'était exclamé Nicolas.

Reposés, ils marchèrent sur un immense plateau herbeux et suivirent des traces de Jeep qui louvoyaient entre les buis. Ils s'arrêtèrent à nouveau en vue des premiers arbres, qui étendaient leur ramure majestueuse de part et d'autre de la piste.

— Vous voyez la plus haute des trois collines, là-bas ? dit Violaine. Elle s'appelle Serre Gros. Une fois qu'on l'aura dépassée, ce ne sera presque que du plat et de la descente.

— C'est ce « presque » que je redoute… avoua encore

Nicolas. J'aurai eu ma dose de montagne pour les dix prochaines années !

– Plains-toi, lui rétorqua-t-elle. Il y en a qui paient pour faire ce que tu fais !

Il ne trouva pas le courage d'entrer dans la polémique.

– Heureusement, ce qui me motive, déclara-t-il, c'est la grotte. J'adore les grottes.

– J'en ai une à te louer, peuplée de gentilles petites bêtes, marmonna Violaine.

– Qu'est-ce que tu dis ?

– Rien, Claire. Des bêtises. Allez, on repart. Il faut arriver avant la nuit.

Agustin gara le véhicule sur le terre-plein devant le château. Les informations de la cliente de l'hôtel étaient vagues. Mais il faisait confiance à son flair pour dénicher les détails qui trahiraient les fuyards. Il délaissa volontairement la piste des deux routes bitumées permettant d'accéder au château. Les chemins qui quittaient le village au-delà du cimetière lui paraissaient plus prometteurs.

– Pourquoi ? dit-il à haute voix en imitant son patron. Parce qu'ils se savent recherchés et qu'ils éviteront les voitures !

Il ricana et se pencha sur le sol. Le soleil qui brillait généreusement depuis le matin lui fut d'une aide précieuse. La terre, dégelée et assouplie, avait conservé la marque d'un passage. Des empreintes de pas. Agustin fit quelques mètres pour s'assurer que la piste continuait. Puis il retourna à la voiture en sifflotant.

Il ouvrit le coffre et en sortit un sac de voyage. Il en extirpa une paire de chaussures de type commando ainsi qu'un jean sombre. Et, pour ressembler à un randonneur, une veste de montagne. Dans un sac à dos, il mit en vrac le téléphone satellite, une lampe torche, un duvet pour pouvoir tenir un affût, une boîte de rations militaires, une paire de jumelles et des lunettes de vision nocturne. Il y glissa en dernier son pistolet-mitrailleur. Avec un chargeur de rechange. Il se changea. Enfin, il attacha un poignard à sa ceinture.

Harnaché et équipé, il se lança sur la piste.

Je vais vous révéler un secret, un vrai : un égale dix. Ce que je veux dire, c'est que le nombre n'a jamais rien prouvé. Ainsi, un seul homme peut avoir raison même si dix autres ne pensent pas comme lui. Il faut apprendre à réfléchir – et à vivre – par soi-même. Les masses sont dangereuses, elles sont régulièrement hypnotisées par des charlatans et piégées par les fanatiques.

Il faut donc s'en évader, comme les chevaliers autrefois partaient en quête. Échapper aux manipulations, retrouver son libre arbitre. Mettre les voiles. Partir, sentir le cœur de la Terre battre sous ses pieds, nager dans les champs d'herbe frissonnante, entendre le chant des pierres, le murmure des arbres, lire les messages de l'eau et de la nuit. Se mettre en route, contre le vent.

(Extrait de *Vivre en chevalier*, par Adrian Pagus.)

20

Spelunca, æ, f. : grotte

Quand j'ai compris que rien ne me guérirait jamais, parce que ce n'était pas une maladie mais bien une part de moi, au plus profond, présente depuis le commencement, j'ai paniqué. Je me suis enfermé dans ma chambre. Je suis devenu méchant et taciturne. Je ne quittais plus mes lunettes noires, même à la maison. Bref, une stratégie géniale pour se concilier ses parents ! On peut faire beaucoup de bêtises quand on est jeune. Non pas que je sois très vieux maintenant, mais l'eau a quand même coulé sous les ponts depuis cette époque, l'époque d'avant la clinique, d'avant mes amis. Une chose pourtant n'a pas changé au cours de toutes ces années : mon envie d'aller sous terre, je veux dire, sous la vraie terre. De voir des couleurs au-dessus de ma tête...

– Tu avais dit que ce ne serait plus que de la descente et du plat, se récria Nicolas en découvrant le chemin qui grimpait de plus belle.

– J'ai dit « presque », rappela Violaine. Il fallait bien trouver un moyen pour te faire avancer !

– Et maintenant, qu'est-ce que tu proposes pour me motiver ?

– Pense à ta grotte, se moqua Claire.

– Ou au preux chevalier que tu voulais être ce matin, poursuivit Violaine sur le même ton.

– Je vous hais toutes les deux, grogna Nicolas.

Agustin s'arrêta à la hauteur des abreuvoirs en tôle qui marquaient le début du plateau herbeux planté de buis. Il soufflait bruyamment. Il était monté trop vite. Il fut pris d'une quinte de toux et cracha un peu de sang sur les cailloux. Ses poumons le brûlaient. Il fumait trop. Et puis il avait négligé l'exercice, ces derniers temps. Ce n'était pas bon pour la forme, pas bon pour la confiance. Il s'autorisa une pause et sortit un paquet de cigarettes de sa poche. Au point où il en était, il pouvait bien se le permettre ! De toute manière, il n'était pas pressé. Cela prendrait le temps qu'il faudrait mais il les aurait.

Un sentier de crête à peine visible au sommet de Serre Gros avait déposé le petit groupe au col du Pertuis. L'itinéraire s'accrochait à présent aux rochers de Saint-Maurice, invitant les marcheurs à mesurer leur pas et à serrer les dents.

– On les aura bien mérités, ces documents, dit Claire.

– Si on les trouve un jour, râla Nicolas.

– On les trouvera, répondit Violaine d'une voix déterminée.

« On les trouvera, continua-t-elle pour elle-même, parce qu'on n'a pas d'autre choix. » Aux yeux des autres, elle restait la meneuse, mue par d'obscures et rassurantes certitudes. « S'ils savaient ! » Car quelque chose s'était effondré en elle après l'épisode d'Aleyrac et du dragon blessé. Les autres ne s'en étaient pas aperçus parce qu'elle faisait semblant.

« Quelle erreur… » C'était la certitude d'avoir percé le secret des dragons qui l'avait rendue forte et avait permis tout le reste, leur fuite, leur émancipation. La terrible réaction de l'ectoplasme de Matt lui avait prouvé qu'elle n'avait rien compris et qu'elle faisait fausse route. Est-ce que c'était pareil pour leur folle équipée ?

Seulement, ils étaient allés trop loin, maintenant. Il ne lui restait plus qu'à placer sa foi dans la résolution du mystère qui les tirait en avant. « Ce mystère qui nous a unis et nous a permis de goûter à la liberté », pensa-t-elle, émue, en promenant son regard sur ses amis.

Puis, lâchant la main de Claire, Violaine prit celle de Nicolas et l'entraîna sur le sentier.

– Arrête ! Qu'est-ce que tu fais ?

– Je t'ai trouvé une nouvelle motivation, vieux râleur : moi !

Agustin perdit les traces de la bande sur une colline qui dominait le plateau. Il pesta un moment puis entreprit d'inspecter minutieusement les endroits où ils auraient pu passer. Des pas sur une flaque de sable gris le remirent sur la piste. Il dénicha le sentier au milieu des hêtres et longea à son tour la crête rocheuse. Le soleil entamait la fin de sa course derrière lui. Il se dit qu'il aimerait autant sortir du passage délicat avant la nuit et accéléra le pas. Le patron avait fixé un rendez-vous téléphonique à 19 heures. Cela lui laissait encore du temps. Après, il aviserait, il inventerait une histoire. De toute façon, il avait éteint l'appareil.

Les quatre amis touchèrent enfin le sommet. Ils laissèrent sur leur gauche une installation composée de deux pylônes et de bâtiments cubiques, ceints de grillages.

— Encore un relais de télévision, dit Arthur.

Le sentier débouchait sur une vieille route goudronnée envahie par les herbes. Ils l'empruntèrent, sur les indications de Violaine qui tenait la carte.

— Tu es content, Nicolas ? Ça ne monte plus !

— Tu ne perds rien pour attendre, toi !

Ils marchèrent un long moment sur l'asphalte.

— Vous ne vous êtes jamais demandé d'où vous veniez ? lâcha Claire au milieu du silence.

— D'où l'on vient… Qu'est-ce que tu veux dire ?

— D'où vous venez vraiment. Je ne parle pas de vos parents, qui ne sont d'ailleurs peut-être même pas vos parents.

— Je ne comprends pas, dit Nicolas.

— Claire essaie de te dire que l'on t'a échangé à la naissance, se moqua Arthur.

— C'est ce qui m'est arrivé, répondit sérieusement Claire. Vous, je ne sais pas. Mais je suis sûre qu'aucun de nous quatre n'est d'ici. De ce monde.

— Et moi, ma vieille, je pense que tu délires. C'est comme ton histoire de vampire et de loup-garou ! Tu voudrais que l'on soit d'où ? Et qui ? Des extraterrestres ?

— Pour les autres, on est des extraterrestres, dit Violaine en venant au secours de Claire. Tu ne les as jamais entendus, à la clinique ? Des monstres de foire !

— Tu n'as pas répondu, Claire, insista Arthur. D'où vient-on à ton avis ?

— D'ailleurs. Je ne sais pas exactement. Un ailleurs proche, ou lointain.

Arthur eut un geste d'agacement. À ce moment-là, Violaine leur fit prendre une route en terre dans un virage. Les pierres blanches de la chapelle Saint-Maurice, au bord du précipice, leur apparurent dans la lumière du soleil couchant.

— En face, ce sont les montagnes de Saou, dit Violaine pour changer définitivement de sujet.

Ils furent subjugués par la beauté du panorama.

— Dessous quoi ? ne put s'empêcher de dire Nicolas.

— De-Saou, reprit Arthur avec son sérieux habituel. L'ermite saint Maurice avait là-bas une sœur ermitesse, Colombe, et ils communiquaient comme les Indiens avec des signaux de fumée.

– Il vivait dans l'église, ton saint ?

– Non, dans la grotte au-dessous.

– Allons-y ! proposa Nicolas avec enthousiasme.

Violaine le laissa partir devant. Elle n'était pas du tout pressée de pénétrer sous terre.

Agustin fit halte devant le relais. La piste se perdait sur le goudron. Il s'efforça de réfléchir et parvint à la conclusion que les fuyards l'avaient nécessairement empruntée. Il se mit en route sans se presser, observant avec attention les abords, à la recherche des traces d'herbe couchée ou d'une sente qu'ils auraient pu utiliser.

Nicolas descendit en premier le chemin à flanc de falaise. Il découvrit bientôt la grotte. Elle formait une avancée assez grande pour accueillir le groupe. Dans le fond partaient deux boyaux. L'un était un cul-de-sac. Dans l'autre, il fallait entrer à quatre pattes.

– Je... tu es sûr qu'il faut... aller là-dedans ?

– Tu n'es pas obligée, Violaine, la rassura Claire. Tu peux attendre ici, ou près de la chapelle si tu préfères. On va juste chercher les documents.

– Tu veux que je te tienne la main ? lui susurra Nicolas.

– Et toi, tu veux la mienne dans la figure ?

Violaine prit une profonde inspiration. « Ressaisis-toi, bon sang ! se fustigea-t-elle. Tu devrais être capable de faire la différence entre la réalité et un cauchemar, quand même ! » Elle puisa au fond d'elle-même la force de refouler sa peur, une peur qui ne demandait qu'à

214

éclore et à la dévorer. Non, elle n'abandonnerait pas ses amis ici, dehors, dans le froid, vaincue une fois encore par les dragons qui peuplaient ses nuits !

— Ça ira, déclara-t-elle en affermissant sa voix. Je viens avec vous.

Ils laissèrent les sacs à l'entrée et en sortirent les lampes torches. Puis ils entrèrent un par un dans le boyau. La lampe de Violaine tremblait au bout de son bras.

Ils débouchèrent assez vite dans une salle étroite où ils purent se redresser. Il y avait un passage dans le fond, plus large. Violaine lança un regard affolé en direction de l'entrée qui laissait passer encore un peu de lumière. Trop tard. Ils s'enfoncèrent plus avant et pénétrèrent dans une deuxième salle plus vaste, tout en pente et en hauteur. Nicolas se glissa dans le boyau minuscule qui continuait au-delà.

— C'est trop étroit, annonça-t-il en revenant sur ses pas, au grand soulagement de Violaine. Le boyau se transforme en fissure et débouche de l'autre côté de la falaise.

Nicolas semblait ravi. Il était dans son élément, Violaine le voyait bien. À la place des parois sombres et humides qui les environnaient, il percevait sans doute de magnifiques tableaux de lumière. Elle, elle s'imaginait de puissants reptiles feulant dans l'obscurité. Ce qui pour lui se révélait un enchantement n'était pour elle qu'un atroce foyer d'angoisse. Elle lutta pour respirer normalement, mais une boule s'était formée dans son estomac et elle suffoquait.

— Reprenons, dit Arthur qui essayait de rester pragmatique : *Mon troisième préfère l'ouest de la deuxième*. Nous avons une direction. Il ne reste plus qu'à trouver ce que le Doc appelle « la deuxième ».

– Ça semble assez facile, dit Nicolas. Il y a deux salles dans cette grotte. Je pense que le Doc, comme nous, préfère la deuxième, plus vaste. Il faut chercher dans la partie ouest de la salle où nous nous trouvons !

Agustin longea l'église pâle bâtie au bord de la falaise. La nuit tombait, enveloppant la montagne d'une obscurité qu'il accueillit avec un sourire qui découvrit ses canines. Les traces, au milieu des cailloux chahutés par les chaussures, descendaient dans la falaise le long d'un sentier étroit. Ils étaient là, tout près, il le sentait si fort qu'il en jubilait. La lune, encore pleine, n'illuminerait le ciel que dans une heure. C'était un moment particulièrement propice pour agir. Agustin cacha son sac derrière l'église. Il en sortit l'arme automatique et la puissante lampe torche, ajusta devant ses yeux les lunettes de vision nocturne. Puis il prit à son tour le chemin de la falaise.

– Et voilà ! triompha Nicolas qui avait escaladé la paroi.

Il éclairait une grosse pierre posée dans une niche, sur laquelle était gravé un éléphant stylisé.

Il la souleva en ahanant et découvrit un tube en plastique caché derrière.

– C'est pas vrai ! s'exclama-t-il, déçu. Le Doc se moque de nous ! Quand est-ce qu'on trouvera un paquet, un vrai paquet derrière les pierres ?

Les autres accusèrent eux aussi le coup. Ils s'étaient attendus cette fois à découvrir les documents, pas le nouveau maillon d'une chaîne interminable.

– Qu'est-ce qu'on fait ? demanda Arthur. On ouvre le tube ici ou on remonte à la chapelle ?

Personne ne répondit. Ils se sentaient saisis par un sentiment de découragement et d'injustice. Ce fut un geste autoritaire de Claire qui réveilla leur attention.

– Vous n'avez rien entendu ? chuchota-t-elle.

– Non…

– Éteignez vos lampes !

Agustin resta perplexe en découvrant l'entrée de la grotte et les sacs à dos posés devant. Les gosses s'étaient réfugiés à l'intérieur. Ça ne faisait pas son affaire. Les lunettes spéciales, sur lesquelles il comptait pour prendre l'avantage, fonctionnaient par intensification de la lumière ambiante. Elles ne lui seraient d'aucun secours dans le noir absolu qui devait régner dans la grotte. Il les posa par terre et alluma sa lampe. Puis, arme au poing, il s'avança en rampant dans le trou.

Dès qu'ils aperçurent la lumière, ils éteignirent leurs propres lampes et refluèrent vers le fond de la salle. Claire et Nicolas prirent tout naturellement la direction des opérations.

– Tu vas rester là avec Arthur, murmura Claire à Violaine qui roulait des yeux effarés. C'est à mon tour et à celui de Nicolas de vous protéger.

– Je veux vous aider ! répondit Arthur.

– En ce cas, fais ce que je te dis. Tu seras bien plus utile en restant avec Violaine.

D'irrépressibles tremblements secouaient en effet la jeune fille. Elle avait réussi jusqu'à présent à se contrôler, mais là, dans le noir, adossée à la roche humide, c'était trop, elle craquait. Arthur s'en aperçut et oublia aussitôt ses velléités héroïques. Il prit la main de Violaine dans la sienne.

– Les dragons ! Ils sont là ! Ils viennent me chercher ! Tu les entends ? Ils arrivent !

– Calme-toi, lui murmura Arthur bouleversé en la prenant dans ses bras, je suis là, je te protège.

En même temps, à la façon d'un flash aveuglant, il comprit instantanément tout ce que Claire essayait de leur dire depuis le début. Les dragons de Violaine, les tourbillons de couleur de Nicolas, les rideaux de brume de Claire, les fantômes danseurs dans sa propre tête… Leur monde, le monde dans lequel ils vivaient n'était pas celui des autres. Il était infiniment plus sombre et terrifiant !

Il serra Violaine fort contre lui et elle s'abandonna, sanglotant silencieusement sur son épaule.

Claire, entre-temps, avait rejoint Nicolas.

– Qu'est-ce que tu vois ?

Nicolas avait naturellement adopté son autre vision. Et tout autour de lui n'était plus que taches et couches de couleur superposées. Il n'eut aucun mal à identifier Agustin, qui venait de pénétrer dans la première salle.

– C'est le gars à la moustache… le vampire. Il est seul. Je crois qu'il a une arme. Il a repéré le boyau, il vient par ici.

— Le vampire, répéta Claire d'une voix atone. Il est venu pour moi. Je dois l'affronter et le vaincre, sinon il nous tuera tous.

— Qu'est-ce que tu racontes ? Je…

— Tais-toi. Va avec les autres, vite !

Nicolas tenait le blouson de la jeune fille dans la main et une fraction de seconde après il n'empoignait plus que du vide. *Un saut. Un saut dans les airs.* Il la chercha des yeux et la trouva au-dessus de sa tête, *mélange de taches jaunes et rouges*, accrochée à la paroi rocheuse, *bleu foncé*.

— Vite, Nicolas, chuchota-t-elle. Je suis la seule à pouvoir l'empêcher de nous faire du mal…

« La seule à les voir tels qu'ils sont, continua-t-elle dans sa tête, la seule à comprendre que derrière cet homme qui approche se cache un vampire avide de sang. Moi qui vois, moi qui sais, j'ai le devoir d'agir. Quoi qu'il m'en coûte. »

Cédant au ton de voix impératif de Claire, Nicolas se dépêcha de rejoindre Violaine et Arthur en contrebas. Juste à temps : l'homme pénétra dans la deuxième salle. Il se redressa et promena le faisceau de sa lampe sur les murs. Il allait bientôt découvrir les trois amis, tapis dans le fond. Ce n'était plus qu'une question de secondes.

— Mais qu'est-ce que…

Agustin jura. Un courant d'air, venu du haut, lui arracha sa lampe qui s'éteignit en heurtant une pierre. Il lâcha aussitôt autour de lui une rafale de son pistolet-mitrailleur. Les balles s'écrasaient sur la roche avec des claquements sourds. Le vacarme était épouvantable. Violaine, Arthur et Nicolas hurlèrent. Soudain, tout s'arrêta. Nicolas ouvrit les yeux, qu'il avait fermés en se recroquevillant. Il vit le corps d'Agustin sur le sol, et derrière lui celui de Claire, droite et immobile. Il se précipita pour la rejoindre, suivi par Arthur qui traînait Violaine. Ils découvrirent un spectacle étrange : Claire brandissait encore la lampe torche d'Agustin avec laquelle elle l'avait assommé. À ses pieds, l'homme gisait sans connaissance.

— Je l'ai tué… balbutia-t-elle, je l'ai tué.

— Non, dit Arthur agenouillé près du corps, il respire. Il aura juste une grosse bosse quand il se réveillera.

La jeune fille parut soulagée. Elle lâcha la matraque improvisée et tituba.

— Qu'est-ce que tu as, Claire ? s'inquiéta Nicolas. Tu… tu saignes !

Elle s'effondra sans avoir pu répondre.

La Terre n'est pas un corps mort, inanimé. Elle est pleine de forces, d'énergies profondes qui remontent à la surface, à la façon des courants et des vagues dans la mer, des thermiques et des vents dans le ciel. Ces forces telluriques, qui affleurent parfois ou bien restent souterraines, sont les manifestations discrètes de la vie de la Terre.

Les hommes aussi, les animaux et même les végétaux, sont parcourus d'invisibles courants et d'énergies subtiles. Certains le savent, d'autres le sentent. Arpenter la crête d'une montagne, ramper dans l'obscurité des grottes, s'adosser au tronc d'un chêne, sont autant de façons de s'approprier un peu des forces de la Terre.

Cette communion n'est pas réservée à quelques-uns. Elle est accessible à tous, à tous ceux qui prennent conscience que le monde n'appartient pas à l'homme mais que celui-ci en fait seulement partie.

(Extrait de *Vivre en chevalier*, par Adrian Pagus.)

21

Ad lunam : au clair de lune

Je me souviens comme si c'était hier de cet après-midi maudit entre tous. La Somalie en guerre, c'était déjà pas beau à voir. J'étais en service commandé, en opération spéciale, à la tête de vingt gars que toutes les armées du monde se seraient damnées pour posséder. Mais on a beau avoir la meilleure unité, les meilleures armes et le meilleur mental, on reste impuissant face à la malchance. À proximité de notre cible, nous sommes tombés sur cinq cents guerriers qui n'auraient jamais dû se trouver là. Peu importe la faction à laquelle ils appartenaient, ils nous sont tombés dessus dès qu'ils nous ont aperçus. Ça a été un massacre. J'ai été laissé pour mort sur le terrain, enseveli sous les cadavres.

Clarence posa son téléphone et fronça les sourcils. Non seulement Agustin ne répondait pas, mais en plus son récepteur était déconnecté. Jamais son comparse n'aurait manqué le rendez-vous. Quelque chose l'en avait donc empêché. Et quoi d'autre, sinon les gosses qu'ils poursuivaient ? Les gosses lui étaient tombés dessus et l'avaient neutralisé, comme ils l'avaient fait avec Matt !

– Bien sûr que non, dit-il à haute voix pour lui-même en s'affalant sur le fauteuil de la voiture.

Agustin était plus malin que Matt. Il ne se serait jamais laissé surprendre, si imprévisibles que puissent être leurs proies. Et puis ces gosses fuyaient, ils n'étaient pas dans une logique agressive. Non. Agustin les avait peut-être repérés. Mais alors, il l'aurait prévenu. À moins que… Agustin avait choisi de faire cavalier seul. Cette évidence l'envahit tout à coup ! Pourquoi ? Pour quoi ? Pour s'approprier la gloire de leur capture ? Pas le genre d'Agustin. Pour venger Matt ? Ça lui correspondait davantage. Pour le doubler ? Mais pour le compte de qui ? Hydargos, peut-être. Dans ce cas, Black jouait un jeu dangereux. Il décida de remettre à plus tard l'examen des motivations d'Agustin. Le plus urgent était de le retrouver, avant qu'il commette une bêtise.

– Une bêtise que tu regretterais, Agustin, dit-il encore tout haut.

Il espérait se tromper. L'Américain et l'Argentin avaient partagé nombre de ses aventures, et l'équipe qu'ils constituaient fonctionnait bien. Mais, au fond de lui, il savait qu'il devinait juste : Agustin l'avait trahi.

« Tout ce qui commence finit forcément un jour, songea Clarence en soupirant. Même une collaboration fructueuse. Si une page doit se tourner, je la tournerai sans remords. Avec seulement quelques regrets. »

Il alluma son ordinateur. Il sélectionna un logiciel parmi les nombreuses applications ultra confidentielles que Black lui avait confiées. Agustin avait commis une erreur en éteignant son téléphone sans retirer la batterie. Même éteint, l'appareil restait en veille, une veille perceptible par les satellites sous l'émulation de programmes précis. Clarence ne tarda pas à localiser le signal du téléphone, signal qu'il coupla immédiatement au GPS. Agustin se trouvait au sommet d'une montagne, au nord de Dieulefit. Une route carrossable permettait d'y accéder. Clarence démarra. Le moteur gronda et la voiture s'enfonça dans la nuit.

Claire fut allongée sur le parvis de la chapelle. Son bras gauche avait été touché par une balle et du sang avait rougi le blouson tout autour.

Violaine n'avait pas encore retrouvé tous ses moyens. Face au drame, elle s'était fait violence pour reprendre le contrôle d'elle-même. L'air libre lui avait ôté un poids terrible des épaules et avait défait les nœuds qui tordaient son ventre. Mais elle tremblait encore en inspectant la blessure de son amie.

— Ça a l'air superficiel, annonça-t-elle sans cacher son soulagement.

— C'est ce que je vous répète depuis tout à l'heure… articula faiblement Claire.

— Toi, tu te tais et tu ne bouges pas, la gronda Nicolas.

Violaine nettoya la plaie de son mieux avec un mouchoir mouillé. Le sang ne coulait plus.

— Tu te sens comment ?

— Ça va, je vous dis ! C'est rien.

– Je veux dire, est-ce que tu peux te lever ? Marcher ?

– Je crois. Si on m'aide.

– On devrait plutôt la laisser se reposer, protesta Nicolas. Elle a subi un choc et…

– Il faut partir, le coupa Violaine, et le plus vite possible. Trois hommes étaient après nous. Si on enlève celui qui est tombé dans l'église d'Aleyrac et celui que Claire vient d'assommer, il en reste un. Je n'ai pas envie d'attendre qu'il vienne voir ce qui est arrivé à son complice.

Nicolas baissa la tête. Il avait parlé sans réfléchir.

Arthur ajouta le poids du sac de Claire au sien tandis que Violaine et Nicolas aidaient la blessée à se lever.

– On part de quel côté ?

– On tourne le dos à la route, dit Violaine. Il y a un chemin qui descend dans la pente, à droite des falaises.

– Non, intervint Arthur. Ce chemin est trop abrupt pour pouvoir l'emprunter de nuit, surtout avec Claire dans cet état. Il faut prendre la route, au contraire. Le goudron masquera nos traces. Au premier bruit de moteur, on grimpera sur le talus ou on plongera dans le fossé.

Violaine hocha la tête. Arthur avait raison. Soutenant Claire de chaque côté, Nicolas et elle suivirent leur ami en direction de la route goudronnée.

Une barrière obligea Clarence à s'arrêter au pied de la montagne de Saint-Maurice, le temps d'aller chercher dans le coffre un coupe-boulon avec lequel il força aisément le cadenas. Le rugissement du moteur emplit à nouveau la nuit. Il se moquait bien d'arriver discrètement. Quoi qu'il ait pu se passer, il arriverait de toute façon trop tard. Il fallait simplement gérer l'urgence, et l'urgence commandait d'aller vite. Il appuya encore sur l'accélérateur, avalant les lacets serrés de la petite route avec l'habitude d'un pilote entraîné.

Il arrêta le véhicule sur le côté, à la hauteur d'un chemin de terre qui obliquait plein nord. Le GPS indiquait la présence d'Agustin – du moins celle de son téléphone – à une centaine de mètres. Clarence se coula dehors sans bruit et se hâta dans la direction du signal. Il découvrit le sac à dos d'Agustin caché derrière une petite église construite sur la crête. L'appareil était dans le sac, en compagnie d'un matériel indiquant que l'Argentin n'avait pas agi dans la précipitation.

– Qu'est-ce qui t'a pris, Agustin ? murmura Clarence pour lui-même. Tu ne me faisais plus confiance ?

Il employa naturellement le passé pour évoquer Agustin.

Il sortit une lampe de sa poche et chercha des traces. Il en trouva sur le sentier de chèvre qui descendait la falaise. Lorsqu'il vit l'entrée de la grotte, il n'hésita pas et se glissa furtivement à l'intérieur. Il avait été formé aux combats en milieu clos et avait obtenu la meilleure note de sa compagnie dans l'épreuve de « nettoyage » des égouts au couteau. Il comprit en capturant le corps inerte d'Agustin dans le faisceau de sa lampe qu'il n'aurait pas besoin de renouveler son exploit.

Son comparse était toujours en vie. Il geignait par moments. Une bosse monstrueuse à l'arrière du crâne et du sang poissant ses cheveux indiquaient qu'il avait été violemment frappé par-derrière.

– C'est bien fait, mon vieux, tu n'as eu que ce que tu méritais, commenta Clarence en le tirant hors de la grotte.

Puis il le chargea sur ses épaules et le remonta jusqu'à la chapelle. Il n'avait pas trouvé d'arme à côté du corps d'Agustin. Les gosses s'en étaient sûrement emparés. Ou bien s'en étaient débarrassés en la jetant dans la falaise. C'était quand même incroyable. Des enfants, c'étaient des enfants qui leur échappaient depuis quatre jours, à eux, des tueurs chevronnés ! Et non seulement ils leur échappaient, mais en plus ils les éliminaient l'un après l'autre ! C'était le monde à l'envers.

Clarence aurait dû se sentir furieux. Au contraire, il ressentait de la joie, comme cela ne lui était pas arrivé depuis très longtemps. Il était rare de rencontrer des adversaires à la hauteur et lui, Clarence, il aimait ça. Il aimait devoir puiser dans ses ressources pour surmonter des difficultés imprévues. Il aimait remettre les compteurs à zéro, aussi. Depuis ce jour, en Afrique, où il aurait dû mourir. Rien n'était acquis, rien n'était éternel. Un cycle s'achevait, un autre commençait. Ces gosses qui n'étaient pas comme les autres, qui disposaient de talents inexplicables, étaient nés pour influer sur son destin…

Le corps d'Agustin piteusement affalé à ses pieds, Clarence éprouva de l'admiration pour Violaine, Claire,

Arthur et Nicolas. S'il était fumeur comme ce pauvre Agustin, il s'en serait volontiers grillé une. Il se contenta de respirer profondément l'odeur de la nuit.

Il était inutile de chercher à retrouver les fuyards. Ils étaient trop malins, il venait d'en avoir une preuve supplémentaire. Les suivre n'était donc pas un bon plan, même s'ils traînaient désormais un blessé : en remontant, il avait vu le sang devant l'église. Pour les attraper, il fallait les précéder, et donc deviner où ils allaient se rendre. Car ils n'avaient pas les documents, pas encore. S'ils les avaient eus, cet endroit aurait été parfait pour négocier. Ils l'auraient attendu et auraient proposé un échange, les documents et Agustin en prime contre la vie de Barthélemy et la leur. Non. Clarence soupçonnait qu'ils étaient seulement sur la trace de ces fameux documents, par l'intermédiaire d'indices peut-être, laissés par le docteur. Il fallait donc arriver avant eux à la prochaine étape.

– Pour gagner, il faut parfois risquer de tout perdre.

Comment cette idée lui était venue, il n'en savait rien. Mais elle s'imposait désormais à lui comme une évidence : la solution de l'énigme se trouvait en Suisse, dans la Clinique du Lac. Dans le bureau du docteur. Il devait y retourner. Perdre le fil de la trace des gamins, perdre le travail effectué auprès de la population de la vallée. Pour peut-être gagner une avance précieuse. Il espérait ne pas se tromper. Si c'était le cas, son instinct ne vaudrait plus rien et cette affaire sonnerait l'heure de la retraite. Mais, il en était certain, celle-ci n'était pas pour demain !

La lune venait de faire son apparition et éclairait le paysage d'une lumière blanche, crue. Clarence la contempla avec ravissement. Il avait toujours aimé la lune. Il ouvrit la bouche et poussa un long cri qui résonna dans la montagne.

— Vous avez entendu ? dit Nicolas.

— C'est le troisième homme, le loup-garou, répondit Claire en s'agitant. Il vient de trouver le corps de son ami le vampire et va nous donner la chasse.

— On dirait qu'elle a de la fièvre, s'inquiéta le garçon qui toucha le front de son amie, roulée en boule dans son duvet.

— Je lui ai donné du paracétamol, essaya de le rassurer Violaine. Je crois surtout qu'elle a besoin de repos.

En effet, les yeux de Claire se fermèrent et elle ne tarda pas à s'endormir.

Ils avaient largement eu le temps de se cacher au passage de la grosse voiture noire. Ils avaient ensuite repris leur marche le long de la route. Puis Violaine avait repéré sur la carte un endroit plat, à l'écart, où ils pouvaient sans risque planter la tente. Le froid était plus intense encore qu'hier et Claire claquait des dents. Ils devaient se mettre à l'abri. En plus, Arthur peinait sous le poids de deux sacs à dos. Ils avaient donc monté leur bivouac en le dissimulant au milieu des buissons et des feuilles. Enfin au chaud, ils avaient obligé leur amie à avaler un peu de nourriture. Puis ils avaient entendu ce hurlement.

— Il va nous retrouver, vous croyez ?

— Pas plus ici qu'ailleurs, répondit Violaine d'une voix fatiguée. Bon, on l'ouvre, ce tube, ou on le fout dehors et on rentre à la clinique ?

— S'il y a encore une énigme à l'intérieur, moi j'abandonne, dit Nicolas. Et tant mieux si ceux qui nous traquent l'étranglent à ma place, le Doc !

Violaine dévissa le cylindre, libérant une nouvelle fois deux feuilles de papier. Elle alluma sa lampe en tamisant le faisceau avec ses doigts.

— « Si vous êtes arrivé jusqu'ici, commença-t-elle, c'est que mes énigmes n'ont plus de secret pour vous ! Inutile donc d'abuser de votre patience. » Tu vois Nicolas, tu es mauvaise langue ! « Les fameuses preuves qui me furent confiées par Harry Goodfellow, un soir de juin 1971, se trouvent dans une anfractuosité du mont Aiguille, une fissure, un sourire que vous ne pourriez pas trouver si vous n'aviez pas déjà accompli tout ce chemin. Car "c'est dans le prolongement de la première, de la deuxième et de la troisième que vous trouverez la justification de votre obstination !" (désolé, on ne se refait pas !). Bonne route, ami ou ennemi, qui m'avez prouvé que vous étiez digne de ces documents ! En espérant que vous ayez mis à profit le temps de cette quête pour prendre une décision… »

— Mais, je croyais que le Doc n'avait plus revu Goodfellow après ses révélations ?

— Attends mon vieux, je crois que l'explication se trouve dans la dernière page du carnet, dit Arthur en saisissant le papier et en lisant à son tour : « … jusqu'en juin 1971. C'était un soir, le printemps était doux et pluvieux. Harry est arrivé à l'improviste, hagard, jetant en permanence autour de lui des coups d'œil affolés. "Je ne peux pas rester, me dit-il, trop risqué. Vous vous rappelez notre dernière discussion ?" J'ai hoché la tête. "Je vous avais parlé de preuves. Elles sont là, avec moi. Je… je les ai volées. Maintenant ils me cherchent pour me tuer. Je dois partir, me cacher." Puis il me tendit sa mallette avec un air suppliant. "J'ai confiance en vous, docteur." Il s'est ensuite enfui comme un voleur, me laissant dans les mains de quoi prouver au monde entier que personne n'était jamais allé sur la Lune… et bien davantage ! Car la question qui me taraudait l'esprit depuis sa dernière visite était : pourquoi ? Pourquoi n'étaient-ils pas allés sur la Lune, et pourquoi l'avaient-ils fait croire ? Parmi les documents qu'Harry me confiait se trouvait la réponse. Elle était stupéfiante ! Un mois plus tard, Edwin Aldrin démissionnait du poste important qu'il occupait à la NASA, suivi au mois d'août par Neil Armstrong. Les deux célèbres astronautes de la mission Apollo XI, celle qui déposa pour la première fois des hommes sur la Lune, quittaient la maison mère ! Simple coïncidence ? Je ne crois pas. Je détenais de la dynamite que je devais enterrer, pour ma sécurité. Sous peine de devenir, moi aussi, une bête traquée… »

— Waouh ! Alors ça, ça c'est génial ! s'enthousiasma Nicolas. Ça veut dire que sur le mont Machin on va trouver les preuves du plus grand bluff de l'histoire ?

— On dirait bien, répondit Arthur qui se sentait, lui aussi, très excité. Et surtout, son explication !

— Sur la première feuille, le Doc parle encore d'une décision qu'il faudrait prendre, rappela Claire.

— Je crois qu'il n'y en a qu'une, dit Violaine : aller au bout ou pas. Mettre la main sur les documents ou les laisser où ils sont.

— C'est stupide ! s'étonna Nicolas. Qui aurait envie de ne pas savoir ?

— Des adultes plus sages que nous, peut-être, dit Claire.

— Ou plus trouillards ! Voilà, annonça Arthur, j'ai repéré le mont Aiguille.

Sur la carte générale figurant dans le guide de la Drôme, le mont Aiguille était indiqué sur la bordure, côté Isère, derrière les hauts plateaux du Vercors.

— Ne me dites pas qu'on va devoir y aller à pied, supplia Nicolas.

— Trop loin, rassure-toi. Je séduirai un dragon. Celui du premier automobiliste qu'on croisera demain ! promit Violaine.

— Quand même, répéta rêveusement Nicolas en se couchant, les yeux sur le plafond en toile de la tente, ça fait bizarre de connaître un vrai secret…

Une flaque d'eau
Nouvelle sourit à la lune
La nuit est mystère

(Haïku tiré du recueil *Vent frais lune claire*, par le poète Takuan.)

22

Ascendere : monter, s'élever

J'ai été récupéré quarante-huit heures plus tard par des petits gars d'un groupe d'éclaireurs, qui ont vomi leurs tripes en découvrant le charnier. J'étais l'unique rescapé de mon unité. Du coup, les chirurgiens de la base ont eu le temps de bien faire les choses. Je m'en suis tiré avec un bras et une jambe un peu raides, qui me rappellent à chaque geste, à chaque pas, que je suis un survivant. J'ai été rapatrié en Europe, chez moi. Je suis retourné voir la maison de mon enfance. Elle était abandonnée depuis des années, depuis le départ de mon frère et la mort de mes parents. J'y ai mis le feu. J'ai brûlé le passé comme on brûle des draps de lépreux. La mort m'avait offert une seconde chance, je pouvais renaître. Avec l'aide de mes anciens employeurs, j'ai monté ma propre affaire. Je fais aujourd'hui la même chose qu'avant mais je choisis quoi et avec qui. Je suis aussi beaucoup plus riche…

Le diamant finit de crisser sur la vitre. La ventouse empêcha le morceau de verre de tomber. Une main se glissa à l'intérieur et tourna la poignée de la fenêtre.

Clarence sauta souplement dans la pièce. Entrer dans la clinique avait été un jeu d'enfant. Au-dessus du lac Léman, le ciel était encombré de nuages, et l'épaisseur de la nuit l'avait soustrait à la vigilance molle des surveillants patrouillant entre les bâtiments. Clarence tira le rideau de la fenêtre et bloqua la porte avec une chaise. Il alluma sa lampe torche et promena lentement son faisceau dans le bureau du docteur Barthélemy. Il avait misé la réussite de sa mission sur une intuition. L'intuition que ce farceur de docteur avait placé la solution de l'énigme sous le nez de n'importe qui. À la portée de celui qui savait voir. Comment en était-il si sûr ? Difficile d'expliquer une impression. Un aspect de la psychologie de Barthélemy, peut-être, cette insupportable ironie qui semblait vous mettre au défi d'être meilleur que lui. Cette façon de suggérer qu'il était le plus malin. Eh bien, cette nuit, lui, Clarence, il allait démontrer que ce n'était pas vrai.

L'attirail de montagne qui pendait au mur brilla dans la lumière de la lampe. C'était du matériel désuet, obsolète. Barthélemy avait été un fervent pratiquant de l'alpinisme, dans sa jeunesse ; le dossier dont disposait Clarence était très complet. La photo de montagne accrochée juste à côté attira son attention. Il était certain de l'avoir déjà vue. Un énorme piton rocheux, surgissant de nulle part, au milieu d'un paysage alpin. Clarence fronça les sourcils. Puis il s'intéressa aux livres et aux classeurs de la bibliothèque. Il cessa bientôt de fouiller les papiers. Cette photo, cette photo l'intriguait. Pourquoi ? Parce qu'elle n'avait pas sa place ici. D'abord, c'était la seule image de la pièce. Ensuite, ça n'avait pas de sens d'afficher un poster de montagne alors qu'il suffisait de se pencher au-dehors pour en voir tant et plus ! La mer, des palmiers auraient davantage dépaysé le bureau. Clarence décrocha le cadre du mur et en sortit la photo. Le verso ne portait aucune indication.

— Docteur, dit-il à voix haute en contemplant l'image, docteur ! Les choses les mieux cachées sont celles que l'on a sous les yeux, n'est-ce pas ?

Il quitta le bureau de la même manière qu'il y était entré et regagna la voiture garée à bonne distance. Il brancha le scanner et numérisa la photo en plusieurs fois. Il recolla les morceaux sur son ordinateur puis confia l'image à un logiciel qui la proposa aux différents moteurs de recherche sillonnant la Toile. La réponse ne se fit guère attendre : la montagne fut identifiée à plusieurs reprises comme étant le mont Aiguille. Le mont se dressait dans les Alpes françaises, au sud de l'Isère, entre Vercors et Trièves, à moins de deux cents kilomètres du Léman.

— Bien sûr ! s'exclama Clarence. Le mont Aiguille, l'endroit où commence l'histoire de l'alpinisme. L'ascension d'Antoine de Ville en 1492, sur ordre du roi Charles VIII. Un lieu important, presque sacré pour les alpinistes.

Clarence lui aussi, avant la Somalie, avait pratiqué cette discipline qui réclamait l'excellence et le sans-faute à chaque fois, sous peine d'une sanction… définitive !

C'est pour cela que la photo ne lui était pas inconnue. Il avait mis dans le mille, il n'y avait aucun doute maintenant. En plus, il retrouvait bien là l'humour de Barthélemy : 1492, Christophe Colomb et l'Amérique. Un sourire joyeux illumina le visage de Clarence. Il reprenait la main, le loup allait devancer les renards. De nuit et avec un blessé, ils ne pourraient jamais y être avant lui.

Le moteur ronronna quand il mit le contact.

Violaine se réveilla aux premières lueurs du jour. Elle avait craint le sommeil, mais contrairement à ce qu'elle redoutait, ses cauchemars l'avaient laissée tranquille.

Elle commença par s'assurer de l'état de Claire. La respiration de leur amie était régulière et elle avait repris des couleurs. Ouf. Violaine avait constaté, la veille, la légèreté de la blessure. Mais Claire était si fragile ! Qui savait quel effet l'impact de la balle avait pu avoir sur elle ? Elle secoua tout le monde.

— Debout ! C'est aujourd'hui le grand jour !

— Le grand jour de quoi ? ronchonna Nicolas en se redressant péniblement.

— On va trouver les documents, rentrer à Paris, faire passer des annonces dans les journaux et obtenir la libération du Doc !

— J'aime ton optimisme, ma vieille, dit Arthur. Claire, tu vas bien ?

— Ça va, répondit la jeune fille en leur souriant. J'ai mal au bras mais j'ai bien dormi. Je me sens reposée.

– On va se répartir les affaires de Claire et abandonner son sac, dit Violaine. Ce sera plus facile.

Ils sortirent de la tente et furent saisis par la différence de température. Dehors, il faisait carrément froid.

– Plus les jours sont ensoleillés et plus les nuits sont fraîches, se sentit obligé de dire Arthur.

Ils mangèrent des biscuits et plièrent bagage.

Afin d'éviter de regagner la vallée de Dieulefit qui était peut-être encore surveillée, Violaine leur proposa de couper tout droit dans la pente et de rejoindre une route qui passait en contrebas.

– Ensuite, on fera du dragon-stop.

La descente, abrupte, ne fut pas aisée. Ils découvrirent heureusement une sente animale qui les conduisit, au prix de quelques chutes sans gravité, au bas de la montagne, non loin de la route. Ils se postèrent sur le bas-côté et attendirent la première voiture, prêts à plonger dans le fossé si elle était noire. Mais celle qui se présenta était blanche, rongée par la rouille, et faisait un bruit de bête malade. Elle se rangea à leur hauteur quand Violaine lui fit signe.

– Elle a l'air pourrie, cette voiture, souffla Nicolas.

– Au moins, elle existe… Bonjour, monsieur ! Nous allons au village de Bourdeaux !

Le conducteur était un jeune homme mal rasé, au sourire franc et aux cheveux en bataille.

– Montez, c'est là que je vais aussi !

Violaine soupira en grimpant à l'avant. Elle n'aimait déjà pas faire ça avant, avant l'affreuse expérience d'Aleyrac, mais maintenant c'était bien pire : comment le dragon allait-il réagir, cette fois ? Qu'allait-elle découvrir ? Enfin, ils n'avaient pas le choix.

– En fait, dit-elle en ouvrant le guide de la Drôme qu'Arthur lui tendit, nous n'allons pas vraiment à Bourdeaux. Nous nous rendons au mont Aiguille, en Isère, à environ cent kilomètres. Est-ce que ça vous dérangerait de faire un petit détour ?

Le jeune homme tourna vers Violaine des yeux écarquillés.

– Le mont Aiguille ? Mais ce n'est pas..

Elle posa une main hésitante sur la sienne. *Le dragon se blottit aussitôt dans les bras du chevalier.* Elle souffla, soulagée. Tout se passait normalement. *Le dragon ronronna quand le gantelet d'acier lui gratta les écailles du cou.*

– Ce… ce n'est pas très loin, finalement, termina leur chauffeur avec un large sourire. Allez, je vous emmène en balade ! De toute façon, je suis en vacances, je n'ai rien d'autre à faire.

– Merci, c'est très gentil.

– J'espère que cette poubelle tiendra le coup, maugréa Nicolas à voix basse.

Ils mirent quatre heures pour atteindre Chichilianne, le village le plus proche du mont Aiguille. La voiture avait chauffé, ils avaient dû s'arrêter à deux reprises dans la montée du col. Se fiant aux indications d'un panneau, Violaine demanda à leur chauffeur de continuer jusqu'à La Richardière, point de départ des ascensions. La voiture se rangea sur un vaste parking, en face d'un petit hôtel et des quelques maisons du hameau. La bande n'était pas fâchée d'être arrivée. Violaine remercia le conducteur et le renvoya avec les recommandations d'usage, c'est-à-dire d'être prudent et de vite les oublier.

– Moi, ça m'éclate quand tu fais ça, reconnut Nicolas.

– J'aime autant ne pas avoir à le faire, répondit sèchement Violaine avant de partir en tête à grandes enjambées. Allez, en route ! On n'est pas encore arrivés.

– Ben quoi, qu'est-ce que j'ai dit ? s'étonna-t-il en regardant les autres, qui ne surent quoi répondre.

À partir du parking, il n'y avait plus de goudron. Ils empruntèrent une route forestière pour sortir du hameau. Ils trouvèrent une plaque jaune sur un poteau en bois qui indiquait le col de l'Aupet et le pied du mont à 1 h 45.

– On a de la chance, il n'y a pas eu beaucoup de neige cet hiver, dit Arthur en contemplant l'énorme masse rocheuse qui émergeait de la végétation, au loin.

Le soleil, généreux depuis plusieurs jours, avait fait fondre le peu qui était tombé, et seules subsistaient des plaques blanches dans les endroits les moins exposés. Ils abandonnèrent la route pour une piste grimpant en lacet au milieu des arbres. Le sol, détrempé, était boueux et glissant. Claire tenait bravement la cadence. De sa main libre, elle caressait de temps en temps un tronc et souriait.

Les marques jaunes du balisage les entraînèrent dans un magnifique bois de hêtres. Ils se mouillèrent les pieds en traversant des ruisseaux que la fonte de la neige avait transformés en petits torrents. La disparition progressive des arbres et la présence d'éboulis furent le signe qu'ils approchaient.

– Ouf ! On est au col, là ?

– Il semblerait, répondit Violaine en montrant à Nicolas un autre poteau en bois qui indiquait : « Col de l'Aupet – 1 627 m ». Maintenant, on grimpe vers la paroi. Faites attention de ne pas tomber, le chemin devient franchement périlleux. On devrait laisser les sacs ici. Vu la fréquentation, on ne risque pas de se les faire piquer !

Ils confièrent leurs affaires au poteau indiquant l'emplacement du col. Le chemin les conduisit au pied de l'Aiguille. Là, ils empruntèrent une trace longeant le rocher, au-dessus de pierriers impressionnants.

– Où est-ce qu'il faut chercher, déjà ? demanda encore Nicolas.

– On te l'a expliqué dans la voiture, reprit patiemment Arthur. *Dans le prolongement de la première, de la deuxième et de la troisième, vous trouverez la justification de votre obstination.* Le Doc parlait des énigmes. On a tracé une ligne reliant l'église d'Aleyrac, celle de Poët-Laval, celle de Saint-Maurice et le mont Aiguille. Ça nous a donné un angle précis de recherche.

– Il suffit de trouver la bonne fissure dans la paroi à cet endroit, conclut Violaine.

– Il suffit… Ouais, je vois. C'est pas gagné, quoi !

– Tu es parfois démoralisant, Nicolas.

Ils longèrent le piton en prenant garde de ne pas glisser dans la pente vertigineuse.

– On y est, dit Arthur en consultant sa boussole.

Ils observèrent avidement la roche.

– Vous voyez des fissures, vous ?

– Il n'y a que ça, des fissures et des failles !

– Il faut chercher une fissure qui a la forme d'un sourire, précisa Arthur. C'est comme ça que le Doc la décrit dans sa lettre.

– J'en vois une un peu plus haut, dit Claire.

Cinq mètres au-dessus de leur tête, en effet, une large fente rappelant un sourire apparaissait dans la roche.

– Eh bien, bravo, on est bien avancés ! s'exclama Nicolas.

Une intense déception envahit les visages.

– Ce n'est pas possible, balbutia Arthur, on n'a pas fait tout ce chemin pour rien !

– Bon sang, ragea Violaine, j'aurais dû penser à prendre du matériel d'escalade. La salle de sport de la clinique en était remplie, en plus !

– On ne pouvait pas savoir, dit Arthur, accablé.

– On peut toujours essayer de grimper à mains nues, proposa Nicolas. Il y a des prises partout.

– Tu t'en sens capable ? demanda Violaine, partagée entre l'inquiétude et l'espoir.

– Je ne sais pas. Mais ce serait trop bête de ne pas essayer !

– C'est de la folie, dit Arthur en secouant la tête. Si tu tombes, même de pas très haut, on ne pourra pas te retenir et tu glisseras dans la pente.

– Il y a une autre solution, intervint Claire. C'est que j'y aille moi.

— Tu es blessée !

— Seulement à un bras.

— Non, je refuse, dit Violaine. Tu es fatiguée et encore faible, tu as perdu du sang, je te rappelle ! Un autre ira.

— Je ne suis pas plus fatiguée qu'Arthur, Nicolas ou toi, répondit doucement Claire. La seule différence, c'est que je suis sûre de pouvoir y arriver. Je l'ai déjà fait hier soir dans la grotte. Je sais comment m'y prendre.

Elle eut un sourire qui acheva de désarmer Violaine. Puis elle posa la main gauche sur un renflement de rocher. Ses amis se rapprochèrent, prêts à lui venir en aide si elle tombait. Claire prit une inspiration et se hissa sur la prise, en grimaçant de douleur. *Je suis un plongeur qui remonte le long d'un tombant d'un seul mouvement de palme.* Sa main droite agrippa le bord de la fissure, *à cinq mètres du sol.*

— Vous avez vu ? s'étrangla Nicolas. Elle était là, en bas avec nous, et maintenant elle est là-haut !

Claire trouva un appui pour sa jambe et souffla. Son bras gauche la lançait mais elle glissa quand même la main dans la fissure. Elle tâtonna, gratta, fouilla au milieu des cailloux et même de la terre que le vent avait déposée. Elle allait renoncer, au bord de l'épuisement, quand elle sentit un objet dur et rectangulaire sous ses doigts. Elle s'en empara sans réfléchir et... *et je lâche prise. Je me laisse tomber. Qui est le plus lourd, le kilo de plumes ou le kilo de plomb ? Dans la brume qui m'entoure, le plomb est plus léger que la plume !* Violaine attrapa Claire par la taille avant qu'elle ne vacille et trébuche dans la pente.

– Merci !

– Je n'allais pas te laisser tomber !

– Alors, qu'est-ce que tu as trouvé ?

Claire leur montra l'objet récupéré dans la fissure.

– Une boîte, enveloppée dans du plastique.

– Ce n'est pas le meilleur endroit pour l'ouvrir, dit Arthur. Retournons près des sacs.

Ils regagnèrent le col et se mirent à l'abri du courant d'air glacé, qui soufflait fort à présent. Claire posa la boîte sur le sol, dans l'herbe. Ils la contemplèrent sans rien dire.

– Alors c'est là ? Le secret du Doc, la clé de sa liberté ?

– Si on n'ouvre pas, on ne saura pas.

Arthur sortit la boîte de sa protection de plastique. C'était un coffret métallique, robuste et étanche. Il hésita quelques secondes. Et si le Doc avait piégé la boîte ? Il haussa les épaules en se traitant d'idiot puis actionna le système d'ouverture. Tous retinrent leur souffle. À cet instant précis, ils se demandaient s'ils allaient découvrir autre chose que du vent, à l'intérieur. Mais les preuves, les fameuses preuves étaient bien là ! Ils s'étaient attendus à trouver, dans la boîte, une ultime lettre du Doc. Faux espoir : celui-ci les laissait seuls, seuls avec le poids de cette découverte.

Le coffret métallique contenait des photos d'astronautes sur la Lune, comme celles que l'on a l'habitude de voir dans les livres. Sauf que le cadrage, plus large, laissait voir autour une équipe de tournage, et puis des projecteurs et un décor de sable. Arthur laissa de côté une enveloppe cachetée qui, au toucher, contenait sûrement d'autres clichés. Il feuilleta des témoignages de personnes qui avaient directement participé aux montages ou qui étaient dans la confidence. Et puis des transcriptions de bandes audio, d'enregistrements de conversations qui s'étaient tenues dans les navettes Apollo, hors public.

— C'est fou, je n'arrive pas y croire, dit Arthur dans un souffle en jouant avec les documents comme il l'aurait fait avec les joyaux d'un trésor.

— Moi non plus, mon garçon, fit une voix derrière eux, moi non plus !

Matt. Je ne t'ai jamais écrit. Ce sera la première et la dernière fois, car nos chemins se séparent aujourd'hui. Il faut voir certains événements comme des signes. Ce soir-là, à Aleyrac, dans l'église en ruine, la lune n'était pas avec toi. Tu as eu de la chance. Dans une autre opération, confronté à d'autres adversaires, tu aurais pu y laisser ta peau. Tes jambes se ressouderont vite. Profites-en pour partir loin et commencer une nouvelle vie. Je crois que ton compte en banque est bien approvisionné, après ces quelques années de baroud avec moi ! Ta candeur et ta loyauté me manqueront. Prends soin de toi.

Clarence.

(Lettre confiée par Clarence au médecin de garde de l'hôpital de Montélimar, avant de partir pour la Suisse.)

Agustin. Tu n'avais pas repris connaissance lorsque je t'ai laissé entre les mains du personnel des urgences. Je ne connaîtrai donc jamais les raisons qui t'ont poussé à me trahir et à partir seul dans la montagne, à la rencontre de ce qui fut, finalement, ton destin. Je préfère mettre cette folie sur le compte d'un honneur bafoué. Cela colle, ma foi, assez bien à l'image que je veux garder de toi. Je ne sais pas ce que tu feras ensuite, mais ce sera sans moi. Et loin de moi ! Prends ceci comme un conseil que tu serais avisé de suivre… Peut-être retourneras-tu faire les quatre cents coups dans ton Amérique du Sud propice aux hommes de ta trempe ! Bonne chance.

Clarence.

(Lettre mise par Clarence dans la poche du blouson d'Agustin avant de le déposer à l'hôpital de Valence, sur la route de la Suisse.)

23

Retribuere:
donner en échange

*De quoi me souviendrais-je, si je devais mourir mainte-
nant ? Du froid de la neige, des arbres qui se murmurent
des secrets dans la forêt, d'une baignade dans l'eau limpide
d'un ruisseau, du vent qui caresse et qui gifle, de l'odeur
des nuits sous la tente, des longues marches et des pensées
qu'elles entraînent dans leur sillage, de biscuits humides et
d'éclats de rire, de la main de Nicolas dans la mienne, du
sourire d'Arthur, de la force du regard de Violaine, d'églises
et de châteaux, de vieilles pierres couvertes de mousse, de la
lune bien sûr, de tous les clairs de lune…*

Claire ne put retenir un cri. Sur le chemin, à quelques
mètres, se tenait le loup-garou. Il portait une paire de
jumelles autour du cou et brandissait un pistolet dans

leur direction. Arthur, Violaine et Nicolas ouvraient des yeux ronds, comme s'ils ne voulaient pas y croire.

– Très impressionnant, dit Clarence en s'adressant à Claire. Si je ne t'avais pas vue grimper sur la falaise, si on peut appeler ça grimper, je ne l'aurais jamais cru !

Il pointa son arme sur Violaine qui avait fait mine de bouger.

– Inutile d'essayer tes trucs sur moi. Ça ne marche pas et tu le sais. Cela fait longtemps que j'ai moi-même tordu le cou à mon écharpe invisible.

Violaine resta bouche bée. Il savait ! Il savait pour les dragons !

Vous étiez là depuis le début, dit Arthur entre ses dents. Pourquoi ne pas avoir pris les documents tout de suite, avant qu'on les sorte du coffre ? Vous êtes venu pour ça, non ?

– Oui, mon garçon, je suis venu récupérer ce que tu tiens entre les mains. Pourquoi vous ai-je laissés déballer le paquet ? Mais parce que vous l'avez mérité, bien sûr ! C'est vous qui avez trouvé les documents, je vous devais bien ça. Maintenant que vous avez vu et que vous savez, nous sommes quittes. Donne-moi la boîte.

– Mais c'est un pan de l'histoire qu'elle contient ! Le monde a le droit de savoir la vérité !

– Ah oui ? ironisa Clarence. Je pense que le monde s'en fiche bien. Les gens aiment qu'on leur raconte des histoires. Vraies ou fausses, elles les aident à vivre leur petite vie misérable. Est-ce qu'ils aimeraient seulement l'entendre, cette vérité ? Quant à moi, eh bien, je m'en moque. Quelle importance qu'on soit ou non allés sur la Lune ? De toute façon, avec ce que je vais toucher en échange de ces documents, je vais pouvoir me l'acheter !

En l'écoutant, Claire fut prise de doutes. Elle pensait réitérer avec lui son exploit de la grotte, contre le vampire. Mais elle ne bénéficiait plus de l'obscurité ni de l'effet de surprise. Et puis cet homme dégageait une assurance qui lui faisait peur. Elle se contenta de prendre le coffret des mains d'Arthur, trop vite pour que quiconque puisse réagir.

– Laissez-nous partir ou…

Une idée folle lui avait traversé la tête.

– … ou je détruis les documents en y mettant le feu. Vous savez que je peux le faire ! Vous étiez là, dans l'appartement, à Paris, quand j'ai brûlé votre copain !

Clarence observa la jeune fille blonde. Il était épaté. Elle était terriblement rapide !

– Oui, tu peux le faire. Ou pas. Après tout, est-ce que je dois me fier à ce que j'ai vu ? Mais surtout, qui te dit que je suis obligé de rapporter ces documents ? Et si on m'avait seulement demandé de les détruire ? Dans ce cas, tu ferais le travail à ma place !

– Vous bluffez, dit calmement Nicolas qui avait retiré ses lunettes noires. Je vois votre cœur dans votre poitrine, il vient d'accélérer.

Clarence tourna son attention vers le garçon. Voilà que celui-là semblait capable de radiographier les gens ! Les objets aussi, sans doute.

Il éclata de rire.

– Quelle étrange petit groupe vous formez, tous les quatre !

Il regarda Arthur.

– Et toi, quels sont tes… talents ?

– Moi, je suis seulement le petit génie de la bande.

– Ouais, n'exagère pas, quand même, ne put s'empêcher de dire Nicolas.

– Ne détournez pas la conversation, reprit Violaine en regardant Clarence droit dans les yeux. Claire vous a mis un marché entre les mains : les documents contre le droit de partir, et la libération du docteur Barthélemy.

Clarence sourit.

– Tu es plus dure en affaires que ta copine. Tu viens d'ajouter une condition ! Tu sais, le problème pourrait se régler autrement…

Il dirigea son arme sur Arthur.

– Celui-là ne s'enfuira pas sans que je le voie, n'essaiera pas de manipuler mes sentiments et ne me lancera pas de coup d'œil assassin ! Si vous ne me remettez pas tout de suite les documents, je l'abats sans hésiter. Je vais compter jusqu'à dix. Un, deux…

Claire jeta à Violaine un regard affolé.

– … trois, quatre, cinq…

Nicolas tourna vers Violaine un visage suppliant.

– … six, sept…

– Stop ! dit Violaine en grimaçant de colère. C'est bon, Claire va vous donner ce que vous voulez !

Clarence tendit le bras et s'empara de la boîte

– Et maintenant ? dit Violaine en croisant les bras d'un air de défi. Vous allez nous tuer ?

Arthur, Nicolas et Claire s'étaient approchés d'elle. Ensemble, ils faisaient bloc face à Clarence.

– Je pourrais, jeune fille. Je devrais, même. Non pas que mes commanditaires m'aient laissé des consignes dans ce sens, mais je ne permets jamais à mes adversaires de garder le souvenir de mon visage. Pour ma propre sécurité. Cependant…

Il laissa le reste de la phrase en suspens, satisfait de voir les gosses trembler derrière leurs airs de gros durs.

– Cependant, je vais vous laisser la vie sauve. Et je vais même faire mieux.

Il sortit de sa poche le téléphone satellite et composa un numéro. Il donna des ordres à voix basse et attendit un instant.

Puis il fit signe à Violaine de venir.

– N'aie pas peur. Quand je dis quelque chose, je m'y tiens. Tu ne risques rien.

Violaine s'approcha d'un pas mal assuré, sans quitter des yeux l'arme que Clarence brandissait toujours.

– Prends, dit-il en lui tendant l'appareil : quelqu'un veut te parler.

Elle attrapa le combiné d'une main tremblante. À quoi jouait cet homme ?

– Allô ? Allô ?

– Qui… qui est à l'appareil ? lui répondit une voix fatiguée.

– Doc ! s'exclama-t-elle. C'est vous ? C'est Violaine ! Violaine, de la clinique !

– Violaine ?

Le Doc avait l'air stupéfait.

— Ce serait trop long de vous expliquer maintenant ! Vous allez bien ?

— Oui, je… je suis à Genève, je crois. Ils ont dit que j'étais libre. Mais comment…

— Plus tard, Doc, le coupa Violaine sur un signe de Clarence. Je n'ai pas beaucoup de temps. Je suis avec Arthur, Claire et Nicolas. On vous rappellera. Reposez-vous, surtout.

Elle rendit le téléphone à Clarence qui l'éteignit. Les yeux de la jeune fille étaient mouillés de larmes. Elle se tourna vers ses amis.

— Le Doc va bien et il est libre !

Elle lut du soulagement et de la joie sur leurs visages. Puis elle regarda Clarence :

— Qui êtes-vous ?

— Je suis une ombre, Violaine, une ombre que la mort a oubliée dans un coin. Les quelques vivants qui me connaissent m'appellent Clarence.

— Je ne comprends pas. Pourquoi avoir libéré le Doc ? Rien ne vous obligeait…

— … à le garder prisonnier, la coupa Clarence. Nous voulions récupérer les documents, c'est chose faite. Nous vérifierons que Barthélemy n'a pas essayé de nous doubler. Mais il n'a plus d'importance pour personne, désormais.

— Si, il en a pour nous, murmura-t-elle.

— Ça veut dire qu'on est libres aussi ? demanda Nicolas. Vous allez vraiment nous laisser partir ?

Clarence rangea le pistolet dans son étui et les observa tous les quatre, l'un après l'autre.

– Je n'ai qu'une parole. Vous m'avez… amusé, oui, amusé. Le monde sera plus intéressant pour moi si vous continuez à en faire partie.

Il s'éloigna en boitant.

– Nous ne sommes pas venus par le même chemin, cela rendra notre séparation plus facile. Mais n'essayez pas de me suivre. Ma promesse de vous épargner ne vaut qu'à l'endroit de ce col… À bientôt, les gosses ! Qui sait ?

Il disparut au milieu des arbres.

Arthur, Violaine, Claire et Nicolas se jetèrent dans les bras les uns des autres, en riant et en criant. Ils avaient perdu les preuves du Doc, mais ils avaient gagné sa liberté, et la leur.

– J'ai cru qu'on allait tous mourir ! soupira Nicolas.

– Tu n'es pas le seul. Quelle peur ! renchérit Arthur.

– C'est un homme étrange, laissa échapper Violaine.

– On dirait que tu l'aimes bien, quand tu dis ça ! s'étonna Nicolas. Moi, il me fait froid dans le dos.

– Ce n'est pas que je l'aime bien, se défendit Violaine, mais il nous ressemble un peu. Il est seul. Comme s'il était le dernier de son espèce.

– Je comprends ce que tu dis, la rassura Claire en posant une main affectueuse sur son bras.

– Eh bien, moi, j'espère qu'on ne le reverra jamais, grommela Nicolas.

Ils s'assirent sur leurs sacs. Ils ne songèrent pas une seconde à rattraper Clarence !

– C'est dommage pour les documents.

– On sait en tout cas que le Doc ne mentait pas, dit Violaine.

– Moi, continua Arthur, il y a une chose que je n'arrive pas à comprendre : à en croire les preuves contenues dans la boîte, les Américains ne sont pas allés sur la Lune, d'accord. Mais d'après ce que j'ai eu le temps de voir et lire, les astronautes des missions Apollo se sont bel et bien rendus dans l'espace ! Ils auraient même survolé la Lune ! Pourquoi ne s'y sont-ils pas posés alors qu'ils étaient si près ? Ça m'échappe !

– On ne le saura jamais, soupira Nicolas, sauf si…

– Sauf si quoi ?

– Sauf si le Doc accepte de nous en parler.

– Clarence aurait pu nous le dire, aussi, affirma Violaine. Il avait l'air d'en savoir beaucoup.

– Tu vois ? triompha Nicolas. Tu l'appelles Clarence. Tu l'aimes bien !

– Idiot ! dit Violaine en ponctuant sa réponse d'un petit coup de poing sur l'épaule du garçon.

Ils jetèrent un dernier regard sur la silhouette majestueuse du mont Aiguille puis dévalèrent le sentier qui retournait dans la vallée.

Salut, mon vieux. Tu pourras annoncer au Grand Stratégaire le succès de l'opération Ézéchiel : j'ai les documents en ma possession. J'ai nettoyé derrière moi, inutile d'envoyer une équipe. On se voit un de ces quatre pour fêter ça en buvant un thé ? Minos.

Mon cher Minos. Je n'ai jamais douté de toi ! Tu suivras la procédure habituelle pour nous remettre les documents. La somme convenue sera disponible demain sur ton compte. Pour le thé, je vais réfléchir. À moins que tu me permettes de l'allonger avec un peu de bourbon ! À la prochaine. Hydargos.

(Échange de courriels entre Clarence et le colonel Black, quelques heures après l'épisode du mont Aiguille.)

Conclusio, onis, f. : épilogue

Pierre Barthélemy essaya de se réchauffer en faisant les cent pas devant l'église Notre-Dame-de-la-Gare. L'hiver touchait à sa fin mais le printemps se faisait encore désirer. Le vent qui balayait le trottoir était glacé.

Il repensa aux quelques jours qui avaient suivi sa libération. L'accueil soulagé que le directeur lui avait réservé et la facilité avec laquelle il avait accepté son mensonge pour justifier son absence. Les retrouvailles presque gênantes avec Sonia, la secrétaire, qui avait pleuré en le revoyant. Son bureau, cambriolé, dans lequel ne manquaient qu'un livre et qu'une photo. La disparition de ses jeunes patients, également. C'étaient finalement Violaine, Arthur, Claire et Nicolas qui lui avaient le plus manqué au moment de son retour. Il gardait des souvenirs flous de sa détention. Il savait qu'il avait été drogué et que ses ravisseurs n'avaient pas réussi à tout obtenir de lui. Il en ressentait de la fierté. Quant au reste des événements, il avait essayé d'en reconstituer le fil en fonction des maigres éléments en sa possession : les enfants avaient déniché le livre, déchiffré ses énigmes et remonté la piste des preuves, qu'ils avaient échangées contre sa liberté. C'est comme cela que les choses avaient dû se passer. Il en ignorait le détail mais comptait bien, aujourd'hui même, apprendre le fin mot de l'histoire ! Barthélemy regarda sa montre. Il était arrivé en avance. Il se remémora la lettre qu'il avait reçue deux jours plus tôt à la clinique :

Dans ma première il fait jour même la nuit. Ma seconde pourrait être la troisième de la première ou la deuxième de la deuxième ou encore la deuxième de la troisième, mais gare ! Mon troisième vaut deux fois cinq cents et se gagne à huit le lundi. Mon tout serait ravi de vous revoir !

Il avait éclaté de rire. Ces gosses avaient un sacré sens de l'humour ! Ils lui fixaient donc un rendez-vous. Il avait rapidement deviné que c'était à Paris (la Ville lumière), devant une église. Il avait eu plus de mal à trouver laquelle mais avait finalement réussi (Notre-Dame-de-la-Gare, sur la place Jeanne-d'Arc). Quant au troisième indice, il l'avait découvert par hasard, en tournant autour de l'édifice : deux fois cinq cents, deux D en latin, comme *Domus Dei*, l'inscription qui figurait sur un côté de l'église ! Il attendait donc devant, à huit heures comme le suggérait la fin de l'énigme.

— Bonjour, Doc. On savait que vous viendriez.

Il se retourna. Arthur, Claire, Nicolas et Violaine avaient surgi de nulle part.

– Je suis content de vous voir, les enfants, dit-il avec un large sourire. Dites, pour l'énigme, vous avez été un peu vaches, quand même !

– Une petite vengeance, c'est tout ! répondit Nicolas.

Ils s'observèrent en silence.

– On est désolés, Doc, dit Violaine. On n'a pas pu garder vos documents. C'était eux ou nous. Et vous.

– Je sais Violaine, la rassura Barthélemy. Ce n'est pas grave. Ces documents n'ont pas d'importance.

– Pas d'importance ? s'étonna Arthur.

– Le Doc veut dire que nous sommes toujours vivants et que c'est ce qui compte, suggéra Violaine.

– Mais ces documents étaient la preuve que…

– Et alors ? dit Barthélemy. Je sais, vous savez, voilà l'essentiel. Les mensonges et les dissimulations ont la vie dure. Vous auriez été déçus par les réactions des gens. Croyez-moi, la disparition de ces preuves est finalement un soulagement.

– Pourquoi les astronautes ne se sont-ils pas posés sur la Lune, Doc ? insista Arthur.

– Moins vous en saurez et plus vous serez en sécurité.

– Trop tard, continua le garçon, on en sait déjà beaucoup. Alors, Doc ?

Barthélemy eut un pâle sourire.

– S'ils ne sont pas allés sur la Lune, Arthur, alors qu'ils en avaient la possibilité, c'est qu'il y avait déjà quelqu'un là-bas.

– Quelqu'un ? Vous voulez dire… des extraterrestres ? s'exclama Nicolas, ravi.

Le vent obligea le Doc à remonter plus haut le col de son pardessus.

— On peut les appeler comme ça. Les premières missions Apollo ont vu des lumières en survolant la Lune. Une vie… non terrienne, disons, nous y avait précédés. Une vie dont on ne sait rien. Enfin, aux dernières nouvelles, qui ne sont pas très fraîches !

La révélation du Doc fut accueillie par un silence

Claire pâlit, bouleversée par ce qu'elle venait d'entendre. Elle ne rêvait pas : le Doc venait de dire que, quelque part, vivaient des gens d'une autre espèce. Une espèce qui, peut-être, connaissait les dragons, avait des yeux gris métalliques et un cerveau différent. Un quelque part, enfin, où la gravité différente générait des déplacements différents. Pourquoi pas ? Cette perspective était folle ! Trop folle, sûrement. Elle chercha le regard de Violaine pour partager son émotion et trouva celui d'Arthur. C'était justement celui qu'elle aurait voulu éviter ! Mais au lieu d'une grimace moqueuse, le garçon lui adressa un vrai sourire. Un sourire complice. Une vague de bonheur envahit le cœur de la jeune fille.

— Mais pourquoi les Américains ne l'ont-ils pas dit ? insista Nicolas. Ça aurait été un scoop formidable !

— Ils ont peut-être eu peur. Ou bien ils ont conclu un accord avec ces extraterriens, qui sait ? En tout cas, la mise en scène des alunissages par les Américains n'a jamais eu pour but de faire croire qu'ils y avaient été, mais de ne pas avoir à révéler ce qu'ils y auraient vu.

— C'est dingue !

— C'est surtout bien compliqué, dit Violaine en faisant la moue.

— Au fait, demanda Nicolas, surexcité, il faut dire quoi : « extraterrestre » ou « extraterrien » ?

— Comme tu veux, répondit Claire dans un murmure.

Extraterrestres ou extraterriens, leur nom n'avait aucune importance. Seule comptait leur existence…

— Je vais changer de sujet, les coupa brutalement le Doc qui sentait la conversation lui échapper. Mais la question que je veux vous poser maintenant est importante : comptez-vous rentrer à la clinique ? Vous remarquerez que je ne dis pas : je vous ramène avec moi. Vous pouvez vérifier, la police ne cerne pas la place. Je m'adresse à vous comme à des individus responsables.

— On vous remercie pour ça, Doc, dit Arthur. On vous a toujours fait confiance. Et on vous aime bien, c'est pas le problème. Mais…

— Ce « mais », ça veut dire que vous ne viendrez pas ?

— Non, on ne viendra pas, lui confirma Violaine. On sait se débrouiller tout seuls, maintenant. On a un… un endroit à nous, maintenant.

Barthélemy surprit le regard qu'elle lança à ses amis. Il contenait de la détermination mais aussi de l'inquiétude. Ces gosses avaient pris une décision et ils s'y tiendraient, malgré toutes leurs peurs. Leurs peurs, qu'il connaissait bien. Lui aussi devait se décider. Maintenant.

— Est-ce que je vous reverrai ? demanda-t-il abruptement.

– On a pensé à un système, dit Arthur, qui accueillit la question avec une expression reconnaissante. Un message avec les deux D suivis de l'heure, du jour et du mois, pour quand on voudra ou quand vous voudrez que l'on se voie. On a une boîte aux lettres, on vous laissera l'adresse.

Le soulagement d'Arthur n'avait pas échappé au Doc. Il hocha gravement la tête.

– J'ai une dette envers vous. Une dette immense puisque je vous dois d'être en vie. J'en acquitterai une part en acceptant votre choix et en faisant mon possible pour qu'on vous laisse tranquilles. En contrepartie, je veux que vous me promettiez de donner des nouvelles régulières, et de m'avertir immédiatement quand ça n'ira pas. On est d'accord ?

– On est d'accord, Doc, répondit vivement Violaine, avec un sourire joyeux.

– Bon, eh bien… Est-ce que je peux vous offrir un verre, quelque part ? reprit-il en adoptant un ton plus léger. Vous avez beaucoup de choses à me raconter, je crois. Et je commence à avoir les pieds comme des glaçons !

– Avec plaisir, Doc !

– On se demandait si vous alliez nous le proposer !

– Dites, Doc, continua Arthur en lui emboîtant le pas, pourquoi toutes ces énigmes ? Ça n'aurait pas été plus simple de dire tout de suite où vous aviez caché les documents ?

– Plus simple, oui. Mais l'idée de la piste et du secret que l'on découvre petit à petit est fondamentale. Je voulais donner à celui qui se serait lancé en quête de ces preuves le temps de réfléchir. Éventuellement de changer d'avis. On doit avoir le choix. Moi, je ne l'ai pas eu !

— Vous avez écrit la première énigme au dernier moment et vous l'avez glissée dans le livre d'Ézéchiel. C'était pour nous ?

— Et comment aurais-je pu deviner que vous mettriez la main dessus ? Non, Nicolas, je pensais que mes ravisseurs finiraient par trouver le livre. Alors, je leur ai donné leur chance !

— Et pourquoi la Drôme ? Et le mont Aiguille ?

— Oui, et pourquoi toutes ces églises ? Est-ce que…

Le vent emporta le rire du docteur Barthélemy. Il allait répondre, bien sûr, à toutes les questions, et en poser lui-même, sur le ton de la confidence. Mais au fond de lui il était inquiet pour ces enfants, ces enfants qui étaient un peu — beaucoup à présent — les siens. Oui, qu'allait-il advenir d'eux ? Il n'était même pas sûr que les astres le sachent.

Au-dessus d'eux, au-delà des arbres et de la place, des immeubles et des toits gris, la lune à peine visible semblait un œil entrouvert dans le ciel.

[…] Je regardai, et voici, il vint du septentrion un vent impétueux, une grosse nuée, et une gerbe de feu, qui répandait de tous côtés une lumière éclatante, au centre de laquelle brillait comme de l'airain poli, sortant du milieu du feu. Au centre encore apparaissaient quatre animaux, dont l'aspect avait une ressemblance humaine. Chacun d'eux avait quatre faces, et chacun avait quatre ailes. Leurs pieds étaient droits, et la plante de leurs pieds était comme celle du pied d'un veau, ils étincelaient comme de l'airain poli. Ils avaient des mains d'homme sous les ailes. [...] J'entendis le bruit de leurs ailes, quand ils volaient, pareil au bruit de grosses eaux [...] ; c'était un bruit tumultueux, comme celui d'une armée.

(Extraits du livre d'Ézéchiel, chapitre I.)

Table des matières

Erik L'Homme

L'auteur

Erik L'Homme est né en 1967 à Grenoble. De son enfance dans la Drôme, où il grandit au contact de la nature, il retire un goût prononcé pour les escapades en tout genre, qu'il partage avec une passion pour les livres. Diplômes universitaires en poche, il part sur les traces des héros de ses lectures, bourlingueurs et poètes, à la conquête de pays lointains. Ses pas l'entraînent vers les montagnes d'Asie centrale, sur la piste de l'homme sauvage, et jusqu'aux Philippines, à la recherche d'un trésor fabuleux. De retour en France, il s'attaque à la rédaction d'une thèse de doctorat d'Histoire et civilisation. Puis il travaille plusieurs années comme journaliste dans le domaine de l'environnement. Le succès de ses romans pour la jeunesse lui permet désormais de vivre de sa plume.

Mise en pages : Didier Gatepaille

Loi n° 49-956 du 16 juillet 1949
sur les publications destinées à la jeunesse
ISBN : 978-2-07-061923-8
Numéro d'édition : 160141
Dépôt légal : mars 2008
Numéro d'imprimeur : 89658

Imprimé en France sur les presses de la Société Nouvelle Firmin-Didot